周梅森 著

国殇孽海

中国文联出版社

图书在版编目（CIP）数据

孽海　国殇 / 周梅森著. -- 北京：中国文联出版社, 2021.11
　　ISBN 978-7-5190-4591-3

Ⅰ. ①孽… Ⅱ. ①周… Ⅲ. ①中篇小说－小说集－中国－当代　Ⅳ. ①I247.5

中国版本图书馆 CIP 数据核字(2021)第 109927 号

中国文学艺术基金会
中国文学艺术发展专项基金　资助项目

著　　者	周梅森
责任编辑	蒋爱民　袁　靖
责任校对	田宝维　许可爽
装帧设计	吉　辰
出版发行	中国文联出版社有限公司
社　　址	北京市朝阳区农展馆南里 10 号　　邮编　100125
电　　话	010-85923025（发行部）　010-85923066（编辑部）
经　　销	全国新华书店等
印　　刷	北京市庆全新光印刷有限公司
开　　本	710 毫米×1000 毫米　1/16
印　　张	14.25
字　　数	176 千字
版　　次	2021 年 11 月第 1 版第 1 次印刷
定　　价	39.00 元

版权所有 · 侵权必究
如有印装质量问题，请与本社发行部联系调换

目录		
孽 海		001
国 殇		112

孽　海

一

下了摩斯大街，拐进赫德路，市面的繁华和喧嚣便隐去了。嵯峨的楼厦不见了踪影，撞入眼帘的尽是花园洋房和西式公寓，有阵阵花香在空气中飘逸。车夫脚下原本尘土飞扬的士敏土路也变得湿润起来，夕阳的柔光将路面映得亮闪闪的。路上是幽静的，偶有三两小贩的叫卖声，再无让人心烦的市声聒噪。只是洋车却明显少了起来，一路过去没见到几辆，朱明安便觉得自己坐在洋车上很扎眼。在白克路口，一辆黑颜色的奥斯汀迎面驰来，像似要和朱明安的洋车迎头撞上去，车夫扭住车把去躲，差点儿把朱明安扶在身旁的猪皮箱甩到地下。汽车呼啸过去之后，车夫颇感歉意，不安地回首向朱明安赔笑，朱明安却不好意思说什么，只把猪皮箱抱得更牢些也就算了。

过了老巡捕房，便看到了郑公馆乳黄色的大门，和门内的那幢小巧精致的洋楼。洋楼也是乳黄色的，看上去仍很新，就像刚出炉的大蛋糕，正在夕阳下散发着可人口腹的香气。身着淡雅旗袍的小姨于婉真和刘妈在门旁立着，向洋车上的朱明安微笑。朱明安这才快乐起来，未待车停稳，便扔下手中的箱子，跳下车，连声喊着"小姨"向门口奔去。

站在门口的于婉真先还愣着，后来也禁不住笑着叫着，迎了上来，在离大门几步远的地方，迎到了朱明安，一把拉住了朱明安的手。

于婉真以一副长辈的口吻说："你这孩子，终算是回来了。昨日下晚，我和刘妈已去码头接了一次，'大和丸'偏就误期了，今日接到你从码头上打来的电话，再想去接却来不及了，你怪我没有？"

朱明安道："不怪的，熟门熟路，行李又托运了，本来就用不着接。"

于婉真纤细的手指向朱明安额头上一戳，嗔道："哼，只怕在码头上已骂我千百遍了吧？！"

朱明安嘿嘿地笑着说："我想小姨都想不过来，哪还会骂呀……"

于婉真未施粉黛，身上却香气袭人——是巴黎香水的味道，朱明安一闻就知道。闻着于婉真身上熟悉的香水味，和于婉真相伴着走进公馆大门，看着院子里熟悉的景状，朱明安就觉得一切又回到了从前，甚或以为自己从未离开过这里。

目光所及处都无甚变化。院里修剪得整整齐齐的冬青树和种在小花园里的玫瑰，依然如昔日，绿的绿着，红的红着。就连玫瑰的品种都没变，仍是英吉利的红玫瑰，只是已入了秋，红艳的花朵大都败了。朱明安记得，出洋前，自己常把园中的红玫瑰连叶折下来，献给小姨，给小姨带来温馨，也给小姨带来惊恐不安。又记起十四岁刚到公馆来那年，躲在冬青树丛后面，偷看小姨洗澡的旧事，竟觉得就像发生在昨天。

在东瀛留学四年，远隔千里万里，朱明安心里总装着小姨和这座租界里的小楼，做梦都想回来，真像入了魔一样。

招呼着刘妈和车夫把行李收拾好，又简单地洗漱了一下，朱明安才到客厅里去和于婉真说话。于婉真要朱明安过两天先回乡下老家看看自己的母亲，又说要在"大东亚"给朱明安摆酒接风，已约请了不少朋友，也要朱明安请些朋友来。朱明安却心猿意马了，只点头，并不多说什么，且老盯着于婉真看，看得于婉真都低了头，仍是看。后来竟痴痴地走了过来，半跪在于婉真面前，毫无顾忌地扶着于婉真圆润的肩头，仔细打量起于婉真来。

于婉真将朱明安软软推开，说："别胡闹！"

朱明安却不管，又撩着于婉真额前的鬓发，偏着头看于婉真。

于婉真笑道："有啥好看的？小姨早老了。"

朱明安说："小姨不老，像似比四年前还俊哩！"

于婉真手指向朱明安挺拔的鼻梁上一按："你呀，又骗我！"

朱明安说："我不骗你，这是心里话。"

说这话时，朱明安就感慨：一晃四年过去了，世事变化那么大，多少人老了，死了，只有小姨仍是老样子，就仿佛青春被装进了岁月的保险箱里，从二十岁后岁数再没增长过。

在朱明安眼里，小姨于婉真永远二十岁。二十岁之前的小姨是什么样子已记不清了,那时他尚小,还不懂得鉴赏女人;二十岁之后的小姨是不存在的——他不相信小姨会老。

于婉真也在垂首打量朱明安,打量了半天,才叹了口气说:"你呀,你真不该回来!你一回来,我的心又乱了。"

朱明安道:"现在不怕了,郑督军死了,没人再管着你了!"

于婉真脸一红:"别胡说,我再怎么说也是你亲姨!你站起来。"

朱明安不起,反而将脸紧紧贴在于婉真的膝头摩蹭起来。于婉真的膝头很凉,膝头上绷着旗袍的绸缎,又很滑,脸贴上去有种说不出的舒适。朱明安觉得,这感觉实在是很美好的,有点像梦境。

于婉真没办法,只得任由朱明安这般亲昵地俯在她膝上,渐渐地心中也生出了融融暖意来。后来,朱明安的手公然摸到了她的胸房上,她才骤然一惊,蓦地立起了,讪讪地对朱明安道:"过去的事都过去了,你……你可别再做坏孩子了……"

大约是怕朱明安做出什么过分的事,于婉真便不住地使唤刘妈,要刘妈拿这拿那。刘妈老是进进出出,朱明安才老实了,很有样子地坐在沙发上,先漫无边际地谈讲了些在日本留学的事,后又问于婉真:"郑督军原倒活得好好的,咋说死就死了?"

于婉真叹了口气:"我在信上不是和你说了么?老东西是被气死的!手下一个姓刘的师长叛了他,还煽动绅商各界搞了个驱郑运动,那日在省城督军府正开着会,老东西一口气没上来,就过去了。人死起来也真是容易。"

朱明安说:"郑督军也早该死了,他不死,别人就活不好。"

于婉真道:"可老东西总算对我不错,我不愿住省城,就为我在这租界置了公馆,生前也没亏待过我。"

朱明安说:"他对我却不好,硬把我赶到了日本……"

于婉真道:"这你别怪他,叫你去日本是我的主意,我得对得起你母亲,不能让你一事无成。"

朱明安不耐烦了,很有男子气地摆了摆手:"好了,小姨,咱不说这些了,反正人已死了,再说也没意思!你只给我说说家是咋分的吧?我知道郑督军可是有不少家产哩!"

于婉真道:"是请何总长做主分的,总算没吃亏,分了这座小楼,还有二十多万的珠宝、款子、股票什么的。"

朱明安认为于婉真还是吃了亏:"郑督军的家产何止二百万?我看少说也得有个三五百万,八个太太分,你咋说也得分上个五六十万嘛!"

于婉真手一拍道:"老东西哪止八个太太呀?你去日本这四年里,明的又娶了两房,暗的少说还有三五个,还有那一大帮孩子,能分到这么多已是不易了。其中何总长还算帮了忙的……"

就说到这里,外面有人来了电话,找朱明安。于婉真问他是谁,电话里那人说叫孙亚先,是朱明安的同学,于婉真便将话筒递给了朱明安。

朱明安对着话筒高兴地大叫大嚷,先骂孙亚先没去接他不够朋友,后又说总算回来了,要大干一番事业了。朱明安要孙亚先转告一个叫许建生的人,明天到这里见面商议大计,说完,把电话挂上了。

于婉真问:"这两个人是干什么的?咋知道往这打电话?"

朱明安道:"这两个人你也认识的,孙亚先是《华光报》商讯记者,许建生是大名鼎鼎的革命党,辛亥年带着起义学兵队打过制造局……"

于婉真记起了:"你好像在信中提到过。"

朱明安点点头："这两个人都是我朋友，明天他们来时，你要尊重我！"

于婉真笑道："怎么尊重你？像日本女人那样，跪着给你端茶倒水么？"

朱明安手一摆："那倒不必，端茶倒水有刘妈，我只要你别笑我，我无论说什么，做什么，你都别笑我。我要和他们谈生意。"

于婉真掩嘴笑道："像你这种坏孩子也能做生意？别闹笑话了！"

朱明安搓着手："看看，小姨，你还没把我当大人待吧？幸亏我现在就给你打了招呼。你要知道，我不是小孩子了，我是留学日本，学过金融经济学的大男人。"

于婉真益发想笑，却忍住了，说："好，好，到时小姨给你捧场就是。只说你从小就是好孩子，没偷看过女人洗澡，也没往小姨床上爬过……"

朱明安的脸一下子红了半截，慌忙用手去堵于婉真的嘴，逗得于婉真格格直笑，再也正经不起来了……

晚饭后，回到自己房里，朱明安坐卧不宁，一忽儿想明天要和两个朋友商量的证券生意，一忽儿又想于婉真，搞到最后，竟闹不清自己这次回来，究竟是为了做证券生意还是为了于婉真？躺在松软的铜架床上，生意的事就淡了，倒是小姨于婉真的身影老在眼前晃，朱明安便觉得自己还是冲着小姨回来的。

小姨只大他六岁，涉世却比他深得多。当他还是个十四岁的小男孩时，小姨已是郑督军的八姨太了。郑督军为小姨置了这座公馆，却不常来，小姨一人寂寞，就把他从乡下接到这里来上中学堂。小姨把他当孩子，不防他，让他过早看到了一个小男孩不该看到的东西。记得最清的还不是偷看小姨洗澡，而是玩弄小姨的内衣和那东西。那东西是在洗脸间的门后看到的，长长一条，一面是绸布，一面是薄薄的红胶皮，还系着布带子。他把它当裤衩穿，便一次次冲动起来。不知小姨知道不知道这事？也许小姨是知道的，只是不说罢了。这还不是偷看小姨洗澡，简直让小姨说不出口。

现在，不用看也知道，那东西小姨不会再公然挂在洗脸间门后了，小姨虽是笑他，却还是把他当大男人看了。他咀嚼着客厅里自己跪在小姨面前的一幕，想象着小姨当时的羞怯和惶惑，就发现一切已变了，他少年时的梦真的要实现了……

越想心里越热，便幻想着小姨会给他留门。径自趿着拖鞋起来了，悄然上楼走到小姨卧房门口，轻轻地去推门。可小姨根本没他这份心，门插得死死的，他这才极失望地回到了自己房里，仰面躺在床上，看着挂在墙上的小姨的大相片发呆。

墙上的小姨耸着赤裸的肩头在微笑，两只迷人的眼睛朦胧若梦，一只玲珑的小手托着下巴，长长的黑发瀑布也似的泻在肩上……

二

南面有两扇拱形大窗，透过大窗，躺在床上能看到月亮。是一轮满月，镜面般亮，于遥远的天际挂着，一动不动。如水光泻入房内，泻到床上，静默无声，却煞是撩人，让人动情。于婉真把双手垫在脑后，依在床头上痴痴地看着月儿，禁不住眼里便汪上了泪。

郑督军四个月前总算死掉了，朱明安也从日本回来了，现在，作为一个幸运女人该有的一切，她都有了。她既有了自由，又分得了郑督军撇下的钱财、公馆，一切都可重新开始了。她原就不是那种只能靠男人养着的百无聊赖的女人，就是做着郑督军八姨太时，也保持着相当的独立性。她背着郑老头子用私房钱买了不少股票，还在外面放债，竟从未亏过。如今她想做的事情还真多，既想把手头的钱拿出去做股票，又想干脆自己办交易所——这阵子租界内外各种交易所办得正热烈。

一见到朱明安，于婉真就想把自己的打算和他谈的，可话到嘴边终是没说，怕这往日今天都讨她欢心的小男孩真学坏了，也会向她伸手要钱。她愿为这小男孩做一切，甚或拿出所有钱来成全他，却不愿让他伤她的心。朱明安问起分家情况时，她的心一下子吊得紧紧的，真怕朱明安不能免俗。好在朱明安不错，话里的意思是替她着想，她一颗心才放定了。

郑督军死后，打她主意的人真不少，家里的亲朋都看中了她的钱财家产，一个个写信来要这要那，都把她当肥肉啃。最说不过去的便是土头土脑的老爹，这老人家竟想把郑公馆卖了，在乡下老家置地！老爹根本就忘了当初她是咋做的这八姨太！还有两个哥哥也不好，老是不怀好意地给她做媒，想把她再卖上一次。就连私下里来往了三年的督军府副官邢楚之也不是东西，总想拿她的钱去搞丝绸交易所。

没打她的主意的只有大姐。当初最不主张她做这八姨太的也是大姐。大姐让她在自己家里躲了两个星期，她后来正是从大姐家里被郑督军派来的兵拖进花车去的。也正因为如此，她才在做着八姨太的七年中和大姐保持着来往，还把大姐的儿子朱明安接到城里来上学，给她作伴。因而，也才有了今天和朱明安的这不同一般的情分。

于婉真最早是想把朱明安当儿子养的——打从意国那个洋医生

诊出她不能生养之后，她就在心里把朱明安当作了自己的儿子。可这小男孩却从一开始就不愿做她儿子，竟想做她的相好情人。这真让她害怕，既怕被当时还活着的郑督军知道，也怕自己大姐知道。因着这份怕，她才在郑督军省派留日的名额中，为朱明安讨了个金融经济专科留学生的资格，让朱明安去了日本。

现在，朱明安又回来了——再不是当年的那个小男孩，已是一副大男人的样子，让她又惊又喜。变成了大男人的朱明安对她仍是一往情深，也就益发让她动心了。朱明安跪在她面前时她就想，这个男人倘或不是她的外甥多好，她和他相亲相爱，日后的一切将会多么美满！

然而，朱明安偏是她的外甥，她和他今生今世怕是没这个缘分了，尽管郑督军已经死了，她还是不能放纵自己，她得对得起自己的大姐。

只是如此一来，事情就难办了：她既怕这坏孩子乱来，也怕自己迟早有一天会陷进去……

想得心烦，后来也就索性不想了，自己安慰自己道：朱明安这时回来总还是好的，他没有打她家产的主意，且又是学的经济专科，正可帮她办交易所——有了朱明安这么个外甥，交易所便非办不可了，自己起办交易所发股票总比做人家的股票好，赚头也大得多。交易所办起来，既是她的，也是朱明安的，她得让朱明安成个像模像样的大男人。朱明安把一份心用在生意上，也就不会老盯着她打那多情的主意了。

渐渐竟无了睡意，精神像似比白天还要好，于婉真便鬼使神差下了床，去了楼下朱明安的睡房。想和朱明安把自己的主张好好谈一谈，具体筹划一番。

朱明安房间的门没关，灯也没灭。于婉真以为朱明安还没睡，便用指节在门上轻轻敲了下，唤了声："哎，明安！"房里没人应。于婉真迟迟疑疑走进门才发现，朱明安已和衣倒在床上睡着了。

朱明安熟睡的面容真英俊，当年那个小男孩的痕迹全销匿了，棱角分明的脸上少了轻浮顽皮，多了刚毅沉稳，且生了满脸络腮胡子。于婉真怦然心动，真想俯上前去，在朱明安脸鬓上吻一下。

终于没敢。

轻手轻脚地拉灭了灯，正准备离去，却不料，朱明安竟醒了——也不知是什么时候醒的，又是什么时候下的床。他从身后抱住了她，甜甜地叫着："小姨，小姨……"

于婉真一惊："快松手，你……你这个坏孩子！"

朱明安搂得更紧，把于婉真娇小的身子都搂离了地，嘴里还喘着粗气："小姨……我……我知道你会来……"

于婉真真是怕了，一时间悔得不行：该死，她咋这时到朱明安房里来呢？这不是自找麻烦么？于是，便用水葱也似的指甲去掐朱明安的手背。

朱明安被掐得很痛，咧着嘴叫："哎哟，小姨心真狠！"

于婉真绷着脸："你不放手，我……我要喊刘妈了……"

朱明安这才小心地把于婉真松开，垂着脑袋，怪丧气地讷讷着："小姨，我……我一直没睡，还……还到楼上去看过你……"

于婉真扯了扯被朱明安弄皱的软缎睡衣，惊魂未定地说："明安，我给你说过多少次了？我是你小姨，不是你表姐，你怎么还是这样？你说说，我们真要是……真要是做出那种事来，还像什么话？我还有何脸面去见你妈！"

朱明安神色黯然地道："那我不管，我……我就是要和你好……"

于婉真摇摇头，说："明安，世上的女人多的是，并不只有一个小姨。你这个孽种咋就盯着小姨不放了呢？！"

朱明安搂着于婉真的腿跪下了："小姨，世上没有啥女人能和你比！我……我今生今世心中只有你。在日本四年，我做梦也只梦着你！"

于婉真问："当真？"

朱明安点点头，顺势把脸贴在于婉真的腿上。

于婉真觉得腿和身子都很软，有点站不住了，便向后退了退，坐到了铜架床上，抚摸着朱明安的脸庞说："明安，别……别这样，小姨过去对你好，日后还会对你好。小姨……小姨要让你成为真正的男子汉！"

心肠硬了起来，于婉真一把把朱明安推开，走到沙发上坐下了，说起了办交易所的主张。朱明安先还痴痴地跪着，后来听到于婉真说起办交易所，印股票，这才从恍惚中醒转过来，盯着于婉真问："小姨，你说什么？"

于婉真道："办交易所呀？你还不知道呀？眼下都办疯了呢！咱这租界地上办不下，就办到了中国地界上。镇国军督军府的邢副官长也拖着我筹办什么江南丝绸交易所，我怕上当，一直没应，这你回来了，咱们可以自己办上一个嘛！叫啥字号，交易啥，你都帮我想想。"

朱明安眼睛一亮，从地上爬了起来，扑到于婉真面前叫道："嘿，小姨，咱真是想到一块去了！明天我和孙亚先、许建生他们要商量的就是办交易所啊！在日本时我就听说了，咱这儿的证券交易正红火，我就动了心，没等拿到学业文书就回来了。我这次回来，一半是冲着小姨你,一半正是冲着交易所哩!"

于婉真笑道:"原来只有一半是冲着小姨的呀?"这话刚说完,却又后悔了,怕朱明安又要缠上来,便紧接着问:"你办交易所,哪来的本钱?"

朱明安抓住于婉真的手摸捏着:"小姨,这你别愁,我在日本就听孙亚先说了,咱这儿证券公司法乱得很,大有空子可钻,竟然可以发本所股票!这一来,就有意思了——只要本所股票发得好,交易本钱也就有了。"

于婉真把手抽了回来,又问:"你们都想交易些啥?"

朱明安皱皱眉头说:"这倒要看了,不能一下子就说死的。首要问题是,要把交易所办起来,把本所股票发出去,到那时,啥赚钱咱就交易啥。"

于婉真拍了拍朱明安的肩头:"那好,咱就一起把这交易所办起来吧!小姨可以拉些有名望的朋友来给你帮忙。小姨虽没学过经济商业,却也知道,做这种钻空子的事一定要有些场面上的人物撑着台面。"

朱明安赞叹说:"小姨,你真是聪明!就算不钻空子,办交易所也非得有风光的朋友捧场不可。"把肘支在于婉真的膝头上,又问:"小姨,你都能拉到谁呀?"

于婉真想了一下,说:"像下了野的何总长啦,像大舞台正走红的白牡丹啦,还有腾达日夜银行的总经理,财神爷胡全珍,和小姨都有大交情,都能拉来……"

朱明安高兴了,一跃而起,坐到于婉真面前的沙发扶手上,抚着于婉真的秀发道:"嘿,小姨,你要真能把这些名流拉来,咱这事就成了一大半!本所股票就不愁发不出去了!"

于婉真仰靠在沙发上，疼爱地看着朱明安说："明安，你好好干吧！男子汉大丈夫总得有点出息。你呢，又是学经济的，办交易所正是本行，小姨会可着你的心意来帮你的，小姨存在腾达日夜银行的十来万款子就做你的本钱！"

朱明安很动情，搂着于婉真的肩头道："小姨，你……你对我真好，可……可你的钱我不要。我都是大男人了，哪能用你这分家的钱，我要去赚钱，赚许多的钱来孝敬小姨……"

于婉真说："就不孝敬你妈啦？"

朱明安道："我心里只有小姨你！"

于婉真抬起绵软的手，轻轻在朱明安脸上打了一下，佯怒说："真是混账东西！我要是你妈，从小就掐死你，免得今日听了这话被你活活气死！"

朱明安笑着，脑袋凑凑地想去亲于婉真，于婉真却心慌意乱地把朱明安推开，起身上了楼。在楼梯口，又对站在门口的朱明安说了句："明天到'大东亚'吃饭，把你那两个朋友都请着。"

三

都九点多钟了，郑公馆乳黄色的大门仍是关着的。邢楚之的旧奔驰停在公馆大门口，按了好半天喇叭，刘妈才用围裙擦着手，出来开门。见刘妈出来，邢楚之便把车夫和卫兵都打发回了镇国军驻本埠办事处。

车夫和卫兵临走时问："啥时来接？"

邢楚之手一挥说："不急的，你们在办事处等电话吧！"

正在开门的刘妈却在一旁插话道："还是早些来接好，今日八太太只怕没功夫多陪你们长官呢！"

刘妈的话令邢楚之不悦：他和八太太于婉真是啥关系，刘妈又不是不知道，咋说起这讨嫌的话？！可脸面上却没露出来，只对车夫和卫兵重申道："我和八太太有许多事情要商量，不打电话过去，你们不要来。"

车夫和卫兵钻进破车里走了，邢楚之才把黑色牛皮公文包往腋下一夹，绷着脸孔问刘妈："八太太今日有啥要紧的事？"

刘妈手一拍说："哟，邢副官长，你还不知道呀？八太太的外甥朱明安从日本国回来了，昨个儿谈到半夜。今日朱明安有两个朋友要来。晚上还要在'大东亚'请客……"

邢楚之笑了："我当真有啥了不得的事呢！不就是八太太娘家的那个小男孩回来了么？！"说毕，再不多看刘妈一眼，俨然一副主人的派头进了客厅的正门。

一脚跨进门里，邢楚之两眼便急急地去抓于婉真。他认定于婉真这时该起床了。可不料，没见到于婉真，倒见着穿着睡衣的朱明安坐在客厅沙发上喝咖啡。邢楚之只一愣，便走过去，对朱明安叫道："嘿，这不是明安么？啥时回来了？"

朱明安站了起来："哦，长官是——"

邢楚之嘀嘀笑道："啥长官哟！我是邢楚之啊，原是郑督军的侍卫队长，过去常到这里来……"

刘妈走过来补充说："如今邢先生是镇国军副官长了，还兼办军需呢。"

朱明安记了起来："噢，对了，对了，我们是见过的，我还玩过你的枪。"

邢楚之道："岂止是玩过我的枪？你小子还偷过我的枪呢！"

朱明安笑了："就像是昨个儿的事……"

邢楚之拍着朱明安的肩头感叹道："是呀，是呀，一晃四年过去了，郑督军死了，你小子也长成大人了！"继而又说，"怎么样，小子，到我们镇国军来混个差吧？先做个副官，这个主我做得了。"

朱明安推辞道："我是学金融经济的，你那份差事我只怕干不了呢。"

邢楚之叫道："哎呀，学金融经济就更好了！你就在镇国军里领份干饷，只管帮我炒股票做生意就行了……"

正说到这里，楼梯上响起了脚步声，于婉真从楼上下来了。

于婉真站在楼梯口就说："好你个老邢，用着你的时候找不着你的魂，用不着你了，你倒跑来了！"

邢楚之作出一副委屈的样子道："咋用不着我呀？八太太，今日正是用得着我的时候呢！我既来了，给明安接风的东就是我做的了。"

于婉真抱着膀子走过来，站到邢楚之面前，眉梢一挑说："不就是吃顿饭么？我们才不稀罕呢！"

邢楚之涎着脸道："你八太太不稀罕，明安却稀罕……"拍了拍朱明安的肩头，"我和明安可是老朋友了——是不是呀，明安？"

朱明安不好意思地笑了笑："邢副官长，总不好让你来破费的……"

邢楚之却大大咧咧地道："不怕的，不怕的，我做东总有出处……"

于婉真说："又能打到镇国军的公账里去，是不是？"

邢楚之哈哈大笑起来："八太太就是聪明！"

于婉真却把粉脸一绷："真心想给我们明安接风，就得你自己实心实意地掏腰包，要不，我们才不去呢！"

邢楚之连连点头："好，好，我掏腰包就是。"

于婉真这才在客厅的沙发上坐下了，也让邢楚之坐下。

邢楚之一坐下就说："八太太，我这次来是公事，到尼迈克公司为镇国军办一批军火，同时，也想把咱江南丝绸交易所的筹备会开起来……"

于婉真懒懒地问："你在这儿能呆几天？"

邢楚之说："七八天吧。反正完事就走人，我们那边的学生又为山东交涉闹事了，督军府忙得很。"

于婉真皱了皱眉："山东交涉不是去年五月间的事么？都过去一年了，还闹个啥？"

邢楚之说："这谁知道呢！学生爷后面还不知都有啥人挑唆呢！"

于婉真道："学生闹闹也好，要不，你们的日子也太好过了。"又道，"你反正一两天内不走，还有时间，江南的事咱有空再谈，今天我得帮明安招待两个朋友……"

也是巧，就在这时，门铃响了，朱明安怔了一下，抢着去开门，且扭头对于婉真说："小姨，肯定是孙亚先、许建生他们来了。"

转眼间，朱明安便引着两个年轻潇洒的男人进来了。走在前面的一位一副教书先生的打扮，长衫礼帽，戴着金丝眼镜，显得文文静静的；走在后面的一位则是一身笔挺的西装，一双锃亮的白皮鞋，很有些租界地上买办的派头。

朱明安向于婉真和邢楚之介绍说："长衫便是孙亚先，华光报馆的商讯记者；西服是许建生，早先的革命党，现在是年轻有为的实业家。"

于婉真笑眯眯地道着"久仰"，招呼刘妈沏茶，上茶点。

刘妈跑过来张罗时，于婉真又看着孙亚先和许建生说："昨日明安一回来就不住地念叨你们，倒好像你们这二位朋友比我这姨妈还亲呢！"

孙亚先笑道："哪里呀，明安还是和你这做姨妈的亲！往日给我们写信，每回都谈您呢。是不是呀，建生？"

许建生说："可不是么？明安不服别人，只服你这做姨妈的。"

于婉真格格直笑："才不是呢！你们不知道，实则上是我服他哩！在这公馆里不是我当家，倒是明安当家。就是明安在日本时也是这样，常来信告诉我，该这样，该那样……"

朱明安被于婉真捧得极舒服，便以为自己真了不起了，点了支雪茄很气派地抽着说："我这小姨妈虽是聪明过人，却终是个女人家，有时我就得给她提个醒……"

众人谈得高兴，无意中便冷落了邢楚之。

邢楚之觉得不自在，瞅着空悄悄对于婉真说："八太太，这二位都是明安的客人，就让明安和他们谈，咱还是上楼吧，江南的事我还要和你商量呢！"

于婉真不悦地道："你先上去吧，虽说是明安的客人，可我总是这里的主人，又是明安的姨妈，也得陪陪的。"

邢楚之无奈，只得和大家打了个招呼，先上楼了。

到楼上的小客厅，邢楚之郁郁不乐地给自己沏了杯龙井，慢慢呷着，又从柜子里取出金漆烟盘，拿起于婉真专用的烟具，吸起了大烟。

这里的一切，邢楚之都熟得很，郑督军没死的时候，他就常来，有时是作为郑督军的侍卫队长，跟郑督军一起来，有时是自己一人悄悄来。打从三年前和八太太于婉真有了那一层关系，他就把这里当作自己的半个家了。

总忘不了三年前的那个风雨夜，想想事情就像发生在眼前。那夜，他奉老督军的命令，给于婉真送两包云南面子，也是刘妈开的门。开门之后，他进了客厅，原想把东西交给刘妈就走的，却不料，于婉真半裸着身子睡眼惺忪从楼上下来，说是天黑雨大，就不走了吧。便没走，便在天快亮时鬼使神差从阳台的窗子钻进了于婉真的卧房。

于婉真睡得正香，一条白白的腿和半截白白的身子都露在红缎被子外边，让他为之激动不已。他自己都不知道是怎么回事，便爬上了于婉真的床，把于婉真压到了身下。于婉真从梦中惊醒，叫了起来，他这才吓得滚到床前跪下了。于婉真真厉害，赤着脚从床上跳下来，打他的耳光，还口口声声说要把这事报告郑督军。他当时觉着自己是大难临头了，不住地给于婉真磕头，还亲于婉真赤裸的脚背，要于婉真饶他这一次。

于婉真出够了气，才说，"就饶你一回吧，下次再敢这样，就一定要去和郑督军说了……"

不料，那夜过后，于婉真偏就和他好上了。一个月后到公馆送螃蟹，于婉真邀他到楼上说话，问他那夜胆咋就这么大？他说，全因着八太太俊。于婉真照着镜子看着自己俏丽的脸，像是问他，又像是自问："是么？"他说："是。"于婉真便抬起头妩媚地向他笑，他这才扑上来，把于婉真搂住了……

郑督军死后，邢楚之是想把于婉真纳为自己三姨太的——事情很清楚，于婉真有钱，又有这么座小楼，根本用不着他来养，还能时常倒贴点给他，这样的姨太太实在是打着灯笼也找不到的。于是，邢楚之便在分家之后,正式把这事和于婉真说了。

于婉真不干,冷笑着问邢楚之:"难道我天生就是给人家做姨太太的命么?!"

邢楚之没办法,只得先打消了这主意,转而提出要和于婉真合伙做生意,开办丝绸交易所。按邢楚之一厢情愿的设计,于婉真只要同意把分得的家产拿出来做生意,日后的一切就好说了——就算于婉真不做他的三姨太,也逃不出他的手心。

对做生意,于婉真倒是有兴趣,和他很认真地谈了几次,还请了腾达日夜银行的胡全珍参谋过。只是这女人太诡,太精,也太多心,一具体提到钱的事,便不干了,你别想占她一点儿便宜,就是在枕头边哄都不行。

而他呢,又是那样需要钱——尤其是眼下,办江南交易所要股本,欠赵师长的六千赌债要还,还有去年挪用的一笔买军火的款子也不能再拖下去了——再拖下去搞不好要吃军法。因此,邢楚之这次来时就打定了主意:一定要从于婉真手里先弄下几万再说。

于婉真却老不上来,只是和朱明安的两个朋友说个没完。小客厅就在一上楼的地方,门又开着,楼下的说话声听得清清楚楚。开初,邢楚之只握着烟枪打自己的算盘,并没用心去听,也不知下面说的啥。后来等得焦躁,烟瘾也过足了,才注意听了,一听竟吓了一跳:这帮人也在谈交易所,谈股票,连名号都起了,叫什么"远东万国交易所"!

原来于婉真已做起来了,且有了这许多的合股人,难怪一直对他吞吞吐吐的……

邢楚之这便坐不住了,放下茶杯想往楼下去,参加那关乎"远东万国交易所"的筹划。不曾想,起了身,只走到楼梯口,正见得于婉真一步步款款地上楼来找他。这瓷人儿一般的俏女人扶着楼梯扶手向楼上走着，一边还扭身朝楼下朱明安他们说着："你们就这样筹备起来吧，筹备主任先算何总长了，何总长那里我自会去说……"

四

于婉真在邢楚之对面的摇椅上一坐下便道："老邢，你来得真不是时候，你看看，明安这孩子从日本刚回来，我们有许多事要商量，也顾不上陪你。"

邢楚之酸溜溜地说："我知道，你是想把我甩了！你不想和我们一帮吃粮的朋友办'江南'，却要和你外甥他们办'远东'，可我告诉你，'远东'这字号已有了，就在法租界贝当路342号开着呢！"

于婉真一愣："当真？"

邢楚之说："这还有假么！你们也不看看今天的《商报》，如今取个名号就这么容易？好名号早让人家取完了，我们这江南的名号，也差点被别人抢去哩……"

于婉真听不下去了，从摇椅上站起来，走到门口，对楼下朱明安三人叫道："哎，名号你们还得再想想，邢副官长说'远东'这字号已有了，咱们登记不上了。"

楼下孙亚先的声音响了起来："那咱就加个新字吧，叫'新远东'。"

于婉真说："反正你们再多想想就是……"

重回摇椅中坐下，于婉真又说："老邢，你别怨我，不是我信不过你的江南，而是得帮明安一把，他是我外甥，又到日本学了经济，更巧的是，现在股票、期货的交易风潮又这么热猛，我总得让明安施展一番才好。"

邢楚之不甘心地问:"这么说,我的江南你是真不管了?"

于婉真笑道:"看你说的,咱们谁跟谁呀?你的事,我哪能不管呢?你们的筹备成立酒会和正式挂牌的创立大会我都要去的!"

邢楚之说:"光是去一下,分摊的股金和开办费就不出么?"

于婉真道:"这我不是早就和你说过了么?我一时是拿不出钱来的,就是明安的'新远东',我也拿不出多少钱给他。"旋即想到昨日才从朱明安那学到的金融证券的知识,又道:"其实,你也别当我不知道,办这种买空卖空的交易所,原就不要多少本金,本所股票卖掉了,来回捣腾的本钱也就有了,是不是?!"

邢楚之作出一副哭笑不得的样子:"好我的个八太太哟,你是真聪明的!照你这个说法,我们江南整个真就是场大骗局了……"

于婉真手一摆:"哎,老邢,我可没这么说噢!"

邢楚之极是郑重地从公文包里取出一叠印制好的江南丝绸交易所的本所股票,又掏出几张银行的收款票,哗哗抖落着说:"八太太,你看看,你看看,这都是假的么?我们的股金已收了十二万了,发起人连你一共四个,你若是把自己的四万出了,咱十六万的本金就算收足了。"

于婉真偏着脑袋问:"我这四万交了,江南就能开张了?"

邢楚之道:"可不,只要本金收齐,咱就挂牌开张。一开张,你就等着咱的本所股疯长吧!翻三五个跟斗那算小的,闹得顺手,一下子就是十个八个跟斗!就像上个月的'合众橡胶',上去了就下不来!"

于婉真瞅着邢楚之笑了,笑得妩媚:"你咋就这么有把握?"

邢楚之胸脯一拍:"他妈的,老子们是干啥吃的?老子们的江南股票有驻在沿江两省的五万镇国军做后盾，不长也得长！一旦势头不好，咱就用连珠枪说话了！"

于婉真软软的小手往摇椅的扶手上一拍："嗬，这可算得强盗股了。"

邢楚之说："就是嘛！你不要看我们钱少，我们镇国军的枪杆子值多少钱，那就算不出了，你说对不对？！"

于婉真想了想："你这话倒有理，眼下做事缺了你们这种不讲理的强盗还真不行！"

邢楚之高兴了："那你出那四万了？"

于婉真道："我出了。"

邢楚之喜出望外，跳过去要搂于婉真："嘿，我的八太太，你可真是个明白人……"

于婉真却一把把邢楚之推开了："老邢，你别急，我话还没说完呢！我出四万，却是有前提的，那就是把你们的江南和明安他们的'新远东'合到一起办！你本是镇国军司令部的副官长，又不是正经生意人，再说你们又不能常驻这里，还穷折腾个啥？倒不如让明安他们弄着，你们只等着发财便是！"

邢楚之一愣，痴痴地看着于婉真，半天没说话。

于婉真推了邢楚之一把："怎么了？和我合伙能亏了你么？"

邢楚之这才讷讷道："江南又不是我一人要办，还……还有赵师长他们呢。也不知赵师长他们乐意不乐意？"

于婉真把绵软的手往邢楚之脖子上一搭，红红的嘴唇噘了起来："只要你乐意，赵师长他们会不乐意？你不和我说过么？这个江南只要办起来，就是你说了算的。"

邢楚之敷衍道："合办也成，可总得和赵师长他们打个招呼的。"

于婉真轻轻地拍了拍邢楚之的脸:"你就乖乖地和赵师长他们打招呼去吧,记住,别惹我生气……"

邢楚之苦着脸强笑道:"我怎么敢惹八太太您生气呢?只是……只是这事也不好勉强的,若赵师长不乐意合伙……"

于婉真脸一拉:"那你从今以后别来见我!"

这一来,邢楚之再也坐不下去了,心里对于婉真又恨又怕:这女人真是厉害,自己想从她手里骗四万没骗到,用作诱饵的十二万军费还差点儿栽进去,于是便说:"八太太,你也别让我太为难,我和赵师长说是一定要说的,只是这次怕不行了,尼迈克公司军火的事,我得先办了……"

说着,邢楚之起身想溜。

于婉真却扶着邢楚之的肩头,把邢楚之重新按到沙发上:"好你个老邢,又想给我耍滑头?我这儿是客栈啊?你想来就来,想走就走?"

邢楚之不知于婉真要干什么,愣愣地盯着于婉真看。

于婉真手一伸:"把那十二万的银行收款票据给我,我给你收着!"

邢楚之不干:"我不是和你说过了么?还要和赵师长他们商量……"

于婉真道:"你去商量便是,赵师长要说不干,我就还你。"

说着,径自拿起邢楚之的公文包,取出了那几张收款票据。

邢楚之脸白了,这才吞吞吐吐说了实话:"八……八太太,你……可别乱来,这……这十二万是明日就要交给尼迈克公司的军火预付款……"

于婉真一怔,恨恨地把那几张票据摔到邢楚之身上:"真不要脸！交易所还没开张，你这东西就先从我这儿骗上了……"

邢楚之结结巴巴道："不……不是骗你，八太太，我只是急了点……"

于婉真再不愿听邢楚之的辩解，连连挥着手说："你走吧你走吧，我再不想看到你了！"

邢楚之偏不走了，赔着笑脸凑到于婉真面前道："八太太，你别生气，千万别生气，气坏了身子不值得。"

于婉真转过身子不睬他。

邢楚之又转到于婉真对面，去拉于婉真的手："八太太，我听话了还不行么？我……我不办'江南'了，就铁心跟着八太太你办'新远东'还不行么？"

于婉真的脸色这才和缓了些，瞅了邢楚之一眼道："咱说清楚，这可是你自愿的噢！"

邢楚之连声道："那是，那是！"说毕，搂着于婉真亲了一下。

恰在这时，朱明安上来了，于婉真忙推开邢楚之问："明安，你们谈得怎么样了？"

朱明安说："也不是一下子能谈完的，孙亚先说，先做起来再说，最好咱们马上打电话找何总长、白牡丹他们，看看他们的意思。"

于婉真想了想："那好，吃过午饭我就去找他们——打电话不行，这么大的事，必得当面谈的。"

邢楚之也道："可不，不面对面哪说得清？！"又讨好道："八太太，我打个电话，叫我们镇国军办事处的车来一下吧！"

于婉真点点头："也好，有汽车就方便多了。"

邢楚之见于婉真认可了，这才摇摇摆摆下楼去打电话。

眼见着邢楚之下了楼,连脚步声都听不见了,朱明安才问于婉真:"小姨,你和这个副官长尽说些什么?"

于婉真敷衍道:"没说什么要紧的事,我只要他多给咱们帮忙。"

朱明安又问:"你和这人是啥关系?"

于婉真脸一绷:"这关你啥事?"

朱明安脸涨得通红:"咋不关我的事?还当我是不懂事的小男孩么?!"

于婉真见朱明安认了真,才拉着朱明安的手笑道:"你看你,都想到哪去了?我和他会有啥关系?还不就是老东西没死那会儿,这人来得勤点么!"

朱明安仍是疑疑惑惑。

于婉真又说:"好啦,好啦,咱们也下去吧!也该吃午饭了,下午,我还得带你去见见何总长他们呢!"

说毕,于婉真在朱明安肩头上轻轻拍了一下,旋风一般下了楼。

五

坐着邢楚之叫来的破汽车兴冲冲地赶到何公馆,何总长偏不在家。何家五太太说,何总长一大早就被一家五金交易所的人接去了,一直没回来。于婉真和朱明安调转车头,又到"大舞台"去找白牡丹,不曾想,竟也扑了空:白牡丹被人伙着炒股票去了,只留个老妈子看家。于婉真一时间真失望,俏丽的脸上现出了不快。

朱明安试探着说:"要不,咱就到股票交易所找找?"

于婉真眼皮一翻:"哪那么容易找?股票交易所那么多,谁知道她在哪一家?"

重新坐到车里，吩咐车夫往回开时，于婉真拍着朱明安的膝头，若有所失地说："看看，如今大家都成忙人了，里外只咱们还闲着。"

朱明安道："咱们也没闲着——咱们的'新远东'不是已在筹备了么？"

于婉真叹了口气，两眼瞅着窗外说："终是晚了些。我只怕等咱们的新远东筹备起来，已没咱的世界了。明安，你看看，这租界里都有多少家交易所呀，快变得让人不敢认了……"

汽车正在租界行驶。租界还是往日的租界，街面还是往日的街面，大致的模样没变，招牌却变了许多。一时间，也不知从哪儿就冒出了那么多交易所，实是让人眼花缭乱。

于婉真和朱明安坐在车里，看着道路两旁繁华且喧闹的景象，心头都在打鼓，都觉着就是抓得再紧些，他们的"新远东"还是比人家晚了。光看街上这些已开张的交易所的名号就知道，如今什么行业都有交易所了。不说纱布、面粉这些老行当了，就连烛皂、麻袋也有了两个交易所，一个叫"南洋烛皂交易所"，一个叫"大中华麻袋交易所"，两个交易所就隔了一条百十步的小巷，招牌于婉真先看到的，马上就指给朱明安看了。

朱明安心里也急，脸面上却尽量地镇静着，还安慰于婉真说："小姨，你不懂，办交易所不同于办别的实业，不在乎早一天晚一天，关键还是要看实力的。"

于婉真问："以你看咱这实力行么？"

朱明安说："咋不行？咱们只要拉住何总长、白牡丹这帮名人撑前台，再有镇国军做后盾，就不愁不红火，这我不担心。我担心的倒是，何总长、白牡丹会不会跟咱干？"

于婉真道："这你放心，他们会跟咱干的。"

朱明安问："你咋这么有把握？"

于婉真道："你不知道，何总长和白牡丹与我的关系都不一般哩！郑督军在世时，我就认了何总长这个干爹，还和白牡丹拜过干姊妹……"

也是巧了，正说到这里，于婉真透过车玻璃看见了白牡丹。白牡丹穿一件红旗袍，正急急地往一家挂着"东亚证券交易所"牌子的街面房里走，已快进门里时，向街面这边回了下头。

于婉真隔着车门喊："白姐！白姐……"

白牡丹显然没听见，身影消失在交易所门内不见了。

于婉真这才想起要车夫停车。

车停了，于婉真拖着朱明安钻出汽车门，向交易所房厅里交易市场奔。

交易市场里乱哄哄的，以房厅中央围着木栅的拍板台为中心，四处拥满了人，人人都在伸臂叫嚷，喧闹的声浪有如雷震，几乎要掀掉屋顶。于婉真注意到，拍板台上正开拍"东亚"本所股票，满屋子只有买进之声，绝少卖出的叫唤，股票便疯涨，于婉真和朱明安在里面站了不过十几分钟，东亚的本所股票每股竟涨了三元三角，莫说于婉真，就连朱明安都大觉惊诧。二人原是想找白牡丹的，现在也顾不得找了，都盯着板牌看。

板牌上仍是涨，买进之声益发热烈，如万马奔腾，许多在外围观望的小户也加入了进来，高叫买进，成交量越来越大。于是，东亚股涨势逼人，到将停板时，已从开盘时的十元一股，涨为十八元一股。

待得第二轮开拍，形势突变，一开盘便只有卖出之声，再无买进之气。众人便慌了，纷纷开始往外抛。抛的人越多，股价泻得便越快，从十八元而十六元，而十二元，至停板时，已跌破十元，在七元打住。这一涨一落的前后差价竟是十一元之巨。

不少获利者喜笑颜开，在房厅里四处走动着，准备寻找下一次机会。也有许多人眼睛发红，汗如雨下——更有不少人抹着额上脸上的汗，悄然退场。

于婉真在退场的人群中看到了白牡丹，脆脆地唤了一声，挤了过去。

白牡丹看见于婉真颇感意外，先是一愣，后又以为于婉真也在做东亚本所股，便扯住于婉真的手急急问："婉真，你咋也来了？哦，你是做空头还是做多头？"

于婉真笑道："我啥也没做，是来找你。我看你进了这里，一进门却找不见你了。"

白牡丹颓丧地说："你早找见我就好了，我的账上也就不会亏这五百多块。我原以为今日多头势好——我是得了信的，不曾想多头一方猛吸了几下便无了底气，空头狂抛，就把我抛惨了……"

朱明安插上来道："现在还不能算惨，你若把这多头做下去，或许还能扳些本回来。"

白牡丹看了朱明安一眼，眼睛一亮，嘴角现出两只酒窝很好看地笑了笑，扭头去问于婉真："婉真，这位先生是——"

于婉真介绍说："哦，这是我外甥，刚从日本学了经济回来，我们来找你，就是想和你商量办咱自己的交易所。走吧，出去谈吧，这里闷死人了！"

白牡丹又扑闪着大眼睛去看朱明安，看了好半天，让朱明安都不好意思了，才点了点头说："也好，咱出去吧。"

这时东亚本所股第三盘又开拍了，三人只走了几步都又停住了。

泻势仍未扭转,空头一方仍主宰大局,东亚股从开拍时的七元跌到六元,又跌到五元五角,在五元五角上站住了。

朱明安一把拉住白牡丹的手:"机会来了,快买进!"

白牡丹刚吃过苦头,不敢贸然买进,她紧紧拉着朱明安的胳膊,仰脸看着朱明安问:"还买进呀?"

朱明安说:"买呀,多头那边马上要吸了,再不买就晚了!"

于婉真也觉着靠不住,便问:"明安,你有把握么?"

朱明安果决地道:"买进!再赔算我的!"

白牡丹这才狠狠心买了二百股。

真就让朱明安说准了,白牡丹二百股刚买进,多头一方便动作了,八百股、一千股地大口吸入,股价狂跳着回升,一下子又窜到了每股十五元五角的高位。朱明安认定十五元五角的高位是长不了的,又让白牡丹抛掉。白牡丹抛掉后,股价仍在长,竟达到每股十九元。

白牡丹就觉着亏了,说:"要是晚一会儿抛,就又多赚四百。"

朱明安笑道:"这四百就不好赚了,想赚这四百就得冒赔老本的风险。"

白牡丹想了想,也笑了:"是哩,我就是这毛病,老是贪心不足,所以做股票总是赔得多!今日没有你这经济家帮着谋划,不说赚了,连赔掉的那五百也找不回来。"

于婉真觉着朱明安给自己争了脸面,很是高兴,扯着白牡丹的手说:"白姐,你看我这外甥主持办个交易所还行吧?"

白牡丹冲着朱明安飞了个极明显的媚眼,把手一拍道:"咋不行?行呀!交易所哪日开张,我就把姐妹们都拉来唱台戏庆贺!"

于婉真说:"唱不唱戏倒是小事,我是想伙你和何总长一起发起。"

白牡丹笑道："那自然，你不伙我我还不依你呢！"

三人说说笑笑出了东亚股票交易所的大门，钻进了汽车。

一坐到汽车里，白牡丹便对车夫道："先去万福公司买点东西。"

于婉真问："去买啥？"

白牡丹道："我不买啥，是想给明安买点啥，明安是你外甥，自然也算我外甥了，头回见面，又帮我赚了一千，我这做长辈的总得意思意思呀。"

于婉真说："这就不必了，明安一来不缺钱花，二来他也不是孩子了。"

朱明安也说："是哩，你们不能把我当孩子，让我难堪。"

白牡丹伸手在朱明安肩头上拍了一下："难堪啥哟！有我们这样两个姨，总得让你打扮得体体面面才是，要不，也给我们丢脸呢！"

到了万福公司，白牡丹也不管朱明安愿意不愿意，硬给朱明安挑了身最新款式的法国米色西装，又挑了双三接头的白皮鞋，让朱明安穿起来。朱明安穿起后，一下子变得精神了，像换了个人一般。白牡丹、于婉真上上下下打量着朱明安，就像打量刚买回来的宠物，二人脸面上都是很满意的样子。

到付钱时，于婉真心里不知咋的就热了，突然觉得这崭新的外甥是自己的，和白牡丹并无多少关系，抢先把钱付了。白牡丹不依，先是把钱往于婉真手上塞，后又用那钱给朱明安买了块镀金的怀表，还亲手给朱明安系上，装进了朱明安西装上衣的口袋里。

回到郑公馆后，何总长的电话也来了。

何总长在电话里说，中午在五金公司开张的酒宴上多喝了两杯，头有些晕，便没回来，问于婉真可有啥要紧的事？于婉真握着话筒正要和何总长说，白牡丹却抢过话筒道："何总长，我们这里有好事了，你快来吧，晚了可就没你的份啦！"

何总长在电话里嘀嘀笑着说："别蒙我了，真有好事，你们会叫我？我只怕你们又要搬我这老钟馗来打鬼了吧？！"

白牡丹道："才不是呢，我和婉真弄了些钱等你来赚！"

何总长说："你的话我是不信的，你叫婉真接电话。"

白牡丹把电话交给了于婉真，还向于婉真扮了个鬼脸。

于婉真对着话筒，开门见山说："干爹，我们商量着想办个交易所，推了你做筹备主任。"

何总长说："哎呀，婉真，你咋不早说？我已在章大钧的交易所挂了个主任的名，再做你们的筹备主任行么？"

于婉真撒娇道："你把章大钧那头推掉嘛！"

何总长说："这么朝三暮四，恐怕不好吧？"

于婉真道："那我们不管，这筹备主任反正就是你了，你做也得做，不做也得做，我们马上登报纸……"

何总长无奈，只好说："咱们晚上不是还要一起吃饭么？到时再商量吧！"

放下电话，于婉真对白牡丹道："白姐，晚上咱们得多灌老头子几杯，把老头子拉下水……"

白牡丹吃吃笑着说："对付何总长得靠你，你是他干闺女，我不是。"

于婉真道："好，你就看我的，我得让老头子高高兴兴跟咱们干。"

六

晚上六时许，客人们陆续到了"大东亚"，只不见何总长大驾。众人望眼欲穿，等到七时，仍不见何总长的影子，便都焦躁起来。最着急的是于婉真，于婉真怕何总长耍滑头不来，便要邢楚之开车去接。邢楚之倒是听话的，出了酒楼的门厅，正要开车走，何总长的车偏到了。两部车开了个头碰头，都在路边停住了。于婉真和众人隔着门窗看见，忙一窝蜂迎出来搀迎何总长。何总长钻出车门就被自己的五太太搀着，见于婉真过来了，还是把一只肥厚的手伸过来，搭在于婉真的肩上摸捏着说："婉真哪，来晚了，真是对你不住哩！"

于婉真嗔道："你是大人物，自是不会早来的，我想到了！"

何总长摆动着肥硕的身躯，很努力地往水门汀台阶上走，边走边说："不是，不是，你五娘作证，我原倒是想早些来的，六点时正要出门，租界工部局来了人，一扯就是半天……"

花枝招展的五太太也说："可不是么？工部局的史密斯老不走，我们便只好陪着，后来还是我说起晚上有事，才帮着老头子脱了身的——婉真，你倒是要谢谢我才是呢！"

于婉真道："那好，五娘就多替我干爹喝杯酒吧！"

到包间里坐下，于婉真把朱明安和朱明安的两个朋友孙亚先、许建生向何总长作了介绍，何总长笑眯眯地看着他们，冲着他们一一点头，还客客气气地夸了他们几句。

何总长一边系着餐巾，一边说："你们办实业，做生意都是很好的，我是一贯主张经济救国的，就是早两年做着陆军总长时，也不相信枪杆子能救国。"

孙亚先和许建生问:"何总长是什么时候做的陆军总长?"

何总长愣了一下说:"几年前吧?!"

二人还想问下去,于婉真却把话题岔开了,又向何总长介绍起了邢楚之。

何总长却看着邢楚之笑道:"这老邢不要介绍了,我们本就认识,我下野后,这小子还拦过我的车!"

邢楚之忙站起来道:"这还得请何总长海涵,当时郑督军还在世,郑督军让我去索饷,我不能不去……"

何总长哈哈大笑说:"不怪你,不怪你,过去的事根本就说不清!"

其他的人就不要介绍了,何总长都认识,白牡丹是何总长捧红的,腾达日夜银行总经理胡全珍是何总长的老朋友,何总长在腾达日夜银行还有股份。

由于有股份的缘故,何总长对胡全珍的事业很关心,和众人打过招呼后,何总长的眼睛瞅着胡全珍好一会儿却没说话。

胡全珍说:"真是怪了,腾达的股票只是疯涨,价位高得都吓人了。"

何总长道:"那好嘛!"

胡全珍说:"只怕这般疯涨之后必有大跌……"

何总长手一摆:"不会——至少年内不会!"将脸孔转向众人,又说,"——已不是光说腾达了,而是说目前的经济形势:我觉得这是一次机会,对我们大家都是机会。就四个字,叫做:机会难得。"

孙亚先恭恭敬敬地问:"何以见得呢?"

何总长手一挥说:"我这里有个基本分析:大家都知道,欧战刚刚结束，各国列强现在自己国内的事都顾不过来，一时间还无暇插手我们中国的事，我们正可以大胆地谋求发展。眼下的证券、期货交易风潮旺盛，正是这种发展奋进的表征。"

孙亚先表示赞成，颇钦佩地看着何总长说："何总长所言极是，几句话就把问题的实质说清了。"

于婉真笑眯眯地道："那自然，何总长看事情总是一眼看到根底的，要不便也不是何总长了！"

邢楚之也跟上来胡乱吹捧说："其实，何总长真该再做一回财长的。"

何总长摆摆手，笑道："我说诸位呀，你们可别这么捧我，我这人不经捧，一捧就晕，一晕就昏——当初做陆军总长，不是被人捧得又晕又昏，哪有今日下野这一说！"

于婉真知道，何总长那陆军总长其实只是代理了三天，就是次长也只做了十个月，可这老头子打从代理过三天总长之后，架子就再也落不下来了，倒好像真做过十年八年总长似的，老怀念那三天的好风光。

邢楚之也知道何总长的底细，却还是一味地捧："何总长不能说是下野，应该说是主动退隐。别人不知道，我是知道的，我们镇国军的朋友如今还说呢，当时的内阁里，就何总长一个人算得清流。"

何总长高兴了："那倒是。不是吹，兄弟没做气，却是有傲骨的。兄弟做了总长第二天就在阁议上说过，我做这陆军总长就要秉公办事，谁想把老子当牌玩是不可以的……"

于婉真怕何总长说起来没完，站起来，打断何总长的话头道："时候不早了，干爹，我们还是边吃边谈吧。"

何总长点点头："也好，也好。"扭过头，却又对邢楚之说："我敢说，我做总长处事还是公道的，这就得罪了段合肥。段合肥这人哪，除了皖系，啥人都信不过……"

于婉真有些不快了，嘴一噘说："干爹，你看你，说起这些旧事就没个完了！"

何总长这才举起酒杯道："好，好，不说这些了，喝酒，喝酒——婉真哪，今日是啥名目呀？"

于婉真气道："干爹，你真是，都坐在这儿老半天了，还不知道是啥名目！今日不是说好给我外甥明安接风么？"

何总长说："哦，对对，是给明安接风，来，来，大家都喝。"

于婉真又说："这是接风酒，也算是我们新远东交易所筹备成立的庆祝酒，你这筹备主任还得说点啥。"

何总长把端起的酒杯又放下了："咋，我这筹备主任真当上了？"

白牡丹娇嗔地用赤裸的白膀子碰了碰何总长："那还有假？电话里不是说定了么？"

何总长说："电话里只说再商量嘛！"

于婉真道："这不就是在和你商量么？我们并不是真要你管什么事，只要你挂个名，难道你这点面子都不给？"

何总长笑了，手一摊，对自己五太太说："你看，你看，我说婉真这酒不好喝吧？"

五太太知道何总长心里是想做这主任的——做了这主任日后必会有份好处，便道："这酒好不好喝，你都得喝，咱自家闺女的忙你不帮，还要去帮谁？"又对于婉真说，"老头子的家我当了，这主任就算他了，他想赖也是赖不掉的！"

何总长这才说："好，好，既然如此，我就恭敬不如从命了。不过，我也把丑话说在前头：现在办交易所虽说是个机会，可日后的风险终还是有的，若是万一有个闪失，诸位可不要怪我呀！"

于婉真道："我们请的你，咋会怪你呢？来，来，干爹，我代表明安和他的两个朋友，还有在座新远东的发起人敬你一杯！"

何总长端起杯，把酒一饮而尽，后又以筹备主任的身份举杯祝酒，众人都喝了——连平素从不喝酒的朱明安也喝得极是豪迈。

接下来，众人又相互敬酒，敬到末了，都脸红耳热了，便狂放起来，都以为新远东已办起来了似的，这个为新远东干杯，那个为新远东干杯，白牡丹还为新远东清唱了一段《红颜娇娘》的戏文。

白牡丹清唱时，于婉真心情很好，不无得意地看着身边腾达日夜银行的胡全珍问："珍老，你看咱这台人马怎么样？"

胡全珍捻着下巴上的几根黄胡须，沉吟了一下："婉真，你要不要我说真话？"

于婉真道："当然要你说真话了。"

胡全珍笑了笑："这台人马倒不错，生旦净丑全有了，演戏行，打仗嘛，也能凑合拉上阵，只是办交易所恐怕……恐怕还欠点火候。"

于婉真不服气："我们明安可是在日本学过金融经济的！"

胡全珍摇摇头："这没用。"

于婉真又说："我们还有五万镇国军压在长江沿线……"

胡全珍偷偷瞅了邢楚之一眼，悄声对于婉真道："这也靠不住。你莫以为拢住了一个邢副官长就行了，我看不行，镇国军不是这位邢副官长说了算的……"

于婉真这才认真了："那珍老你的意思是不办了？"

胡全珍笑道："我可没说不办。办还是要办——这么好的时候，咱不办交易所，还办什么？！问题是怎么办？首先股本要分摊——不是咱们这些发起人分摊，而是要提前向外面的人摊出去……"

于婉真不懂："这如何摊法？"

胡全珍道："很简单，比方说咱们这些发起人每人两万股，你且不可自己出这两万股的股金，而要把其中的一万股高价卖出去，用卖来的钱交股金，这样，你就没风险了。"

于婉真明白了："你的意思是先卖空？然后白手拿鱼？"

胡全珍点头笑道："对的，这买空卖空里面的学问大了，我日后会慢慢教你的！你要不会这些，迟早非栽不可。"

于婉真服服帖帖地说："珍老，我和明安都听你的就是。"

胡全珍又说："第二，还要小心，比如说，收上来的股金留在别的小银行是很难保险的，搞得不好它会把你的钱抵作头寸……"

于婉真道："这倒不怕，珍老你的腾达日夜银行可以代我们保管的……"

话没说完，已不能说了——白牡丹一曲唱罢，众人一齐拍手喝起彩来，于婉真和胡全珍也跟着拍起了手。

何总长一边拍手一边说："白牡丹，我看你是可惜了，放着这么好的嗓子不好好唱戏，却要炒股票办交易所，真是鬼迷心窍了！"

白牡丹道："你何总长不也在炒股票办交易所么？你做得，为何我就做不得？"

何总长又是摇头又是叹气："你呀，让我咋说呢？我真是白捧你了，捧红了你，你却跑了。"

于婉真笑眯眯地说："也没跑，人家一边办交易所，一边还是能唱戏的。"

白牡丹却白了于婉真一眼："真办交易所发了财，我才不唱戏呢！你们看我在台上唱戏蛮风光的，就不知道我在台下吃了多少苦，受了多少气……"

何总长点着白牡丹的额头，对于婉真说："看看，我说我是白捧她了吧？婉真，你说我伤心不伤心！"

于婉真知道何总长是戏迷，伤心也是真实的，便向白牡丹使了个眼色。

白牡丹马上意会了，冲着何总长一笑道："何总长要听戏就另说了，我就是再发财，也还会为你唱的。"

何总长说："那好，今日趁你还没发财，就为我再唱一段《哭灵》吧！"

白牡丹不好推辞，清清嗓子，又唱了起来，可唱的时候两眼不看何总长，只看朱明安，就仿佛走进了戏文，正和朱明安倾诉衷肠……

七

其实，白牡丹算何总长捧红的，也算死去的郑督军捧红的。郑督军本是大舞台的起办人之一。三年前大舞台开张的时候，郑督军正气焰熏天，租界外的中国地盘还在郑督军的镇国军手上，连租界当局都让他三分。那当儿，郑督军常到租界公馆小住，其间也偶尔到大舞台走走。

有一次，郑督军带着一帮副官随从到大舞台去听"大眼刘"说书，无意间看到登台献艺的白牡丹，眼睛突然一亮，就改了主张，去听戏了。这一听就着了迷——不是被白牡丹的好嗓子迷住了，倒是被白牡丹的好相貌迷住了。于是，郑督军便为白牡丹大肆叫好，当晚献花，第二晚请酒，第三晚就把白牡丹邀到自家公馆里唱了堂会，还让自己的八太太于婉真与之拜了干姐妹。

白牡丹记得，自己当时是受宠若惊的，站在郑公馆豪华的客厅里为郑督军唱《拷红》，全身上下躁热难当，比立在大舞台上还紧张，唱到后来，竟唱出了一头一脸细密的汗珠子，还跑了调。

郑督军不计较——嗣后才知道，老头子根本不懂戏，老头子说她唱得好，是因为她长相好，身段也好，想纳她做个九姨太。不是郑督军后来死了，这九姨太没准还真就让她做上了呢。

何总长是后来在郑公馆认识的，郑督军老拉着她一起打牌，每次牌桌上都少不了何总长，一来二去，也就熟识了。熟识后，何总长也邀着一帮下野的寓公、政客为她捧场，还买通报馆记者替她造势，在各种小报上发文章，发相片，"一说白牡丹"，"二说白牡丹"，说来说去，就把她的艺名说响了，硬是让她两月之间红遍了租界内外。

然而，麻烦接着就来了。没走红时，总想着能走红，真的走红了，才发现个中的滋味也不好受：平静的生活就此了结了，自己再无什么自由可言——郑督军不允她和任何年轻男子来往，且把她青梅竹马的一个相好情人给绑了，弄得至今死活不知。

这让白牡丹很伤心。白牡丹一气之下险些吞了大烟。其后就变了个人似的，再提不起唱戏的兴致，只一味在郑督军和何总长怀里厮混，直混到郑督军一命归天，才算挣出了半截身来。

也是巧，偏在这时碰到了于婉真的外甥朱明安。

在东亚证券交易所厅房里一见面，白牡丹就愣住了，她再没想到于婉真会有这么个年轻英俊的外甥——而且是学经济的——而且头回见面就帮她赚了钱。在浑浑噩噩中沉睡了几年的生命在那当儿苏醒了，白牡丹觉得，这男人实是命运之神送到她手边的，她若是不牢牢把他抓住便是罪过。

然而，当时于婉真就在身边——直到晚上吃酒唱戏时，于婉真都在身边，这就不大好办了。在万福公司给朱明安买西装、皮鞋时，她就看出来了，于婉真想拉她发起新远东，却不想让她和自己的外甥打得火热——就像她了解于婉真一样，于婉真也透骨透心地了解她，她和于婉真同在郑督军的一张大床上厮混过，因此还和于婉真闹出过不快，于婉真再也不会让她纠缠朱明安的。

这段姻缘——如果能算姻缘的话，只是她的一厢情愿，实是没多少希望的。她知道。

然而，当晚酒席散了，带着朦胧酒意回到家，白牡丹却又禁不住想起了朱明安。咋想都觉着朱明安不错，朱明安穿了米色西服的身影便在眼前晃。心一下子乱了，虽说骨子里仍惧着于婉真，却照旧痴痴地想朱明安，于婉真说朱明安是她的外甥，可他终也是个大男人了，不会事事听自己姨妈的，只要他愿和自己好，于婉真也毫无办法。当然，这里有个很要紧的问题是，不能让于婉真说她的坏话，把她往日和郑督军、何总长胡来的事都倒给朱明安。

于是，自那日之后，白牡丹便把对朱明安一见钟情的心意悄悄藏在心底，不敢太嚣张，郑公馆更不常去，只往郑公馆打电话，借着谈新远东，盼着常听到朱明安的声音。只要是朱明安接电话，她便在电话里扯个没完，对朱明安的一切主张都极表赞同。

朱明安也真是能干，事情办得出奇的顺利。

一周之后，《华光报》上新远东交易所的筹备公告便出来了。同一天，朱明安让孙亚先化名"小诸葛"写的文章也出来了。孙亚先以"前总长何某下海从商意图大举，新远东紧张筹备不日开张"为题，在报上大谈新远东雄厚的政治、军事和经济背景。孙亚先本是局中人，可在文章中却做出一副局外人的样子，装模作样故弄玄虚。说是几经访探，方得知新远东来头极大，不但有镇国军背景，且有北京政府要员背景，一期资金欲筹妥百万之巨，一旦挂牌开张，必将给市场带来极大冲击云云。

过了没两天，孙亚先的第二篇文章又出来了，吹得更玄乎，说是新远东内幕深不可测，发起人中有当年攻击制造局的前革命党人许某已属确凿。更有南方某省身份不明者若干，正在进一步访探中。因此，新远东似为北京政府联络南方革命志士的经济和政治的据点，十有八九是在南北两方面都保了险的。

白牡丹看了报纸哑然失笑，就打了电话问朱明安："咱们这帮人中，哪一个算南方的革命志士呀？是你，还是我？"

朱明安在电话里也笑了："这你别当真，我们不过说说而已。"

白牡丹嚷道："你们这帮坏小子老这么骗人我可不干！"

朱明安说："造势也就先造到这一步为止了，下一步我们就要动真格的了，这不，我正要找你谈筹股的事呢。"

白牡丹早巴不得朱明安来，便道："那你来嘛，我也有好多话要和你说呢——咱既办自己的交易所了，我手头还有些人家的股票就想抛出去，你帮我拿拿主意，怎么抛才好？"

朱明安说："我要来只能明天来，明天我小姨才有空。"

白牡丹嗔道："你这人真是的，干啥都要拖着你小姨！你就一人来，今晚就来，我等你！"

朱明安在电话里迟疑了一下，终是答应了。

白牡丹喜出望外，放下电话慌忙和老妈子一起张罗起来，还给老妈子放了假，要老妈子在自家呆一夜，次日早上再回来伺候。

老妈子一走，白牡丹就换了身当年郑督军送她的艳丽晚装，且取出脂粉盒，精心地对着镜子描了眉，又在缺少血色的嘴唇上涂了口红。做这一切时，胸腔里的心一直怦怦乱跳，这激荡的感觉已是多年没有过了。打扮过后，看到镜子中的自己再无往日惯有的倦怠和憔悴，心才略微定了些。

这之后，便是让人焦心的等待——电话不敢再打了，怕接电话的是于婉真，弄出意外的麻烦，也怕朱明安接了电话会改变主意，就一次次到门外的巷口去迎。

快到九点时，朱明安才来了，不是一个人来的，却是和那个写文章的孙亚先一起来的，一人坐了一辆洋车。开初白牡丹并不知道孙亚先会一起来，在巷口迎到朱明安后正要走，孙亚先的那辆车已到了。白牡丹虽说心中不快，脸面上却不好摆出来，只是笑笑地问："孙先生也到我那里坐坐么？"

孙亚先一愣："哦，坐坐也好，我和明安还有几句话要说。"

朱明安也说："是我约老孙一起来的，明日我们还要去找咱交易所的房子，已看好了摩斯路上的一家，老孙要去谈……"

孙亚先瞅着白牡丹道："这家的房子在大华公司四楼上，原也是交易所，白小姐可能知道，就是大中华杂粮油饼交易所，我和八太太都看中了。"

白牡丹眉头一皱，问："大中华搬家了？"

孙亚先道："搬什么家呀？大中华杂粮油饼交易所倒了！"

白牡丹叫道："哎呀，那坏了，我手头还有他们的股票呢！"

孙亚先问："有多少股？损失大么？"

白牡丹却不说，只拉着朱明安的手，拍着朱明安的手背道："明安，你可得帮我好好合计、合计了，你是行家，我只信得过你！"

孙亚先不甚高兴："就信不过我么？"

白牡丹说："你写那骗人的文章行，做股票就不行了！"

孙亚先看出来白牡丹只想和朱明安谈，并不想和他谈，似乎也不想让他呆在面前，便向朱明安挤挤眼，走了，临走时说了句："明安，人家白小姐只要和你谈，我就告辞了，明天一早再给你打电话吧！"

白牡丹也不留，道了声"走好"，挽着朱明安进了自家的房门。

到家里一坐下，朱明安就问："你买了多少大中华的股票？"

白牡丹这才笑了："我是骗骗孙亚先的，一股也没买。"

朱明安说："那就好。"又说，"你要真买了，那也只好自认倒霉，交易所倒掉了，我也没办法。"

白牡丹说："不谈这个了，先陪我出去吃饭吧！"

朱明安一怔："怎么？你还没吃晚饭？"

白牡丹不无艾怨地白了朱明安一眼："不是等你么？你说了要来，却拖到了这晚……"

朱明安抬起手在自己的脸上打了一下："该死，让你饿到现在！"

白牡丹说："饿倒是不饿，就是等得心急，还怕你被狼拖去了……"

朱明安道："那好，今日就我请客吧，算是谢罪。"

白牡丹说："还是我请你，你一见面就帮我赚了钱，我得好好谢你呢！明安，你说，咱去哪？是去维多利亚吃西餐，还是到全聚福吃酱鸭？"

朱明安说："随你吧，我反正是吃过饭了，你爱去哪我就陪你去哪！"

白牡丹快乐地道："那咱就去维多利亚吧，那里终是雅致些，还有舞跳。"

却不料，二人刚要出门，于婉真竟坐着邢楚之的破汽车找上门来了，见他们手挽手往外走，愣了一下，似乎很吃惊。然而，嘴上也没说什么，只道她也有些饿了，正好一起去吃点啥。

这一来，白牡丹便失却了一个激情洋溢的良宵，心里真恨死了于婉真。

八

于婉真觉得自己实在是非常的宽厚，她眼见着朱明安和白牡丹飞快地勾搭上，却能容忍，既不去问朱明安，也不去问白牡丹，就像没这回事一样。不过，她宽厚待他们，自然也希望他们宽厚待她——至少希望朱明安能宽厚待她。可没想到，朱明安竟像没事人似的，再不提那晚去维多利亚的事了，在她面前更无丝毫的愧意。

这就让于婉真宽厚不下去了，几日之后，于婉真和朱明安一起去摩斯路看交易所的房子，回到家终于拐弯抹角地把话头提了出来，以一副长辈的口吻对朱明安说："明安，你是男子汉，将来要做一番大事业，小姨正可心成全你。你呢，也得争气呀，不能整天和女人厮混。"

朱明安愕然问："小姨，你说我和哪个女人厮混？"

于婉真不屑地说："还用我说么！你与白牡丹……"

朱明安叫了起来："小姨，这……这是哪有的事呀？那晚白牡丹要我去，本想和我谈筹股，赶巧被你碰上了……"

于婉真"哼"了一声："别瞒了！白牡丹对你要没这份心，你抠我的眼！头回见面，她就那样看你，还要给你买衣裳，那意思你会看不出？"

朱明安哭丧着脸，急忙解释："小姨，我……我早就说过的，我心中只有你，就算白牡丹真想和我好，我……我也不会答应的。我敢发誓：我要是有心和白牡丹好，便天打五雷轰……"

于婉真这才笑了，伸手在朱明安肩上打了一下："看你急的，真没有这事就算了，发什么誓呀！"又指着朱明安的额头说，"我这么着也是为你好。你不知道，这个女人早被郑督军、何总长那帮老东西作践过不知多少回了，人也学坏了，你是万万碰不得的。"

朱明安点点头："那我再不睬她了就是。"

于婉真道："睬还得睬，一起办交易所，咋能不睬人家呢？只是不要和她好。"

朱明安"嗯"了声，突然抬起头，愣愣地盯着于婉真，嘴唇哆嗦着："那……那小姨，你和我好么？"

于婉真一怔："又胡说了！"

朱明安一把抓住于婉真的手，说："我……我知道你喜欢我……"

于婉真心中仍是不快，对朱明安也只是烦，便生硬地把朱明安的手甩开了，说："我再喜欢你也是你的小姨，再不会和你这么乱来的！"

这让朱明安很失望……

当晚睡到床上，朱明安便想：小姨实是太那个，自己做着他的长辈，不敢和他好，还不让别人和他好，真是很说不过去的。后来又想，真要和小姨好，没准还就得先和白牡丹好哩！女人都爱吃壶醋，没个和她争夺的主，她就不把男人当作好东西。

这才骤然发现，自己实有必要认真对待白牡丹的那份感情。小姨说得不错，白牡丹对他是有意思的，头次接触，他就朦胧感到了，后来唱戏时还那么看他，他心里就更清楚了。那晚在她家，不是小姨突然来，还不知要发生什么事呢——这也得说良心话，他并不呆，当时心中是有数的，就在等着那事发生，唯一担心的只是，怕到时候自己不行……

当夜做了个梦，在梦中和白牡丹什么都发生了。还梦见了小姨，小姨突然闯进门来，把他从白牡丹身上揪下来，愤怒地打他，还打白牡丹。

一大早真就见到了小姨，小姨穿着一身粉红色电光绒的睡裙，端着杯热牛奶，两眼脉脉含情地看着他。没遮严的窗帘缝中，有一缕炽白的阳光射进来，正映在小姨的额头上，把小姨俏丽的脸盘衬得亮亮的。

朱明安一下子来了精神，先定定地盯着小姨的脸膛看，看得小姨脸色绯红。后就跳起来，把小姨搂倒在怀里，亲小姨的嘴，小姨的脸，还有小姨细白的脖子。小姨不再拒绝，娇小玲珑的身子变得很软，像被抽去了筋骨。他几乎没费什么力气，只轻轻一托，便把小姨托到了铜架床上。

不过，后来的一切却糟透了，他的老毛病又犯了，撩拨起了小姨的火热欲望，却啥也做不成了。小姨于万般气恼之下，一脚将他蹬下了床。摔得他很疼。

惊醒之后才发现，这又是一个梦，那美妙的早晨并不存在，夜幕正在窗外低垂着，屋里黑乎乎的，闹不清是几点钟……

第二天起来，在饭厅吃早饭见到于婉真时，梦中的情景又真切地记起了，朱明安的脸不禁红了一下，就仿佛一切真的发生了似的。

于婉真不知道朱明安昨夜那美妙而无能的梦，一门心思想着交易所的事，吃饭时就说："明安，孙亚先在报上一吹呼，咱们新远东筹备之中已是万人瞩目了。现在，咱的股资得赶快收齐，都存到胡全珍的腾达日夜银行去，别误了验资登记。"

朱明安敷衍道："误不了，后天大家不是还要在一起聚会么？订个最后的日子就是。"

于婉真又说："还有门面房的事也得敲定了，我看，就把摩斯路上的那层楼面租下来算了。"

朱明安点点头："我也这样想，只是租金还想让孙亚先最后压一压。"

于婉真说："能压下来当然好，就是压不下来也不要紧，我们先租半年，日后发达了再换就是。你和孙亚先今日就把这事办了吧。"

朱明安又咀嚼起梦想中的景状，看于婉真的眼光很温柔："小姨，那咱就一起去……"

于婉真摆摆手说："不行，不行，我得想法把咱那十五万股的股金分摊出去，今天已和胡全珍约好了一帮朋友到腾达日夜银行去谈。"

匆匆吃过早饭，于婉真叫车到腾达日夜银行去了，临走，对刘妈交待了一句："别忘了把我昨晚穿的电光绒睡裙洗了！"

朱明安一听这话就觉得怪：没想到于婉真昨夜还真就穿了电光绒睡裙！如此说来，昨夜的事或许不是梦？或许于婉真真到他房里来过？

整整一上午都想着于婉真和于婉真的电光绒睡裙，还在心里一遍又一遍剥于婉真的衣裙。后来又忆起了白牡丹，幻想风起云涌，满脑袋湿漉漉的念头，目光落在哪里都能看到年轻女人的胸和臀，似乎面前的整个世界都是那软软、白白的肉构成的。这一来便骚动不安,和孙亚先一起去谈定了大华公司四楼的房子后,就在摩斯路口和孙亚先分了手,迷迷瞪瞪去了白牡丹家。

白牡丹懒觉睡得邪乎,都大中午了才起床,见朱明安突然来了,既惊讶又欢喜,忙叫老妈子到外面的馆子叫了许多菜来,还哄着朱明安喝了点酒。

朱明安不会喝酒,两杯酒下肚头便晕了,朦胧中不知啥时,竟把白牡丹揽在了怀中,忘情地抱着白牡丹亲个不停,还摸了白牡丹的胸脯和大腿。白牡丹并不吃惊,也不躲闪,蛇一般缠在朱明安身上,任由朱明安亲热,也主动去亲热朱明安,把个滚烫的舌头伸到朱明安嘴里动来动去,让朱明安周身的血都热了起来。

可事不凑巧,白牡丹身上正来着,朱明安要去扯白牡丹的衣裙时,白牡丹却把朱明安推开了,说:"别……别这样!今日我不方便哩!"

白牡丹的推却是无力的,况且,朱明安的手已插到白牡丹腹下,摸到了那让朱明安为之激动的布带子。

白牡丹知道再推也是无用,便说:"明安,别这么急,你快让我洗洗……"

朱明安这才把白牡丹放开了,还自告奋勇要给白牡丹洗。

白牡丹把热乎乎的布带子从大腿根抽出来,在朱明安手背上打了一下,嗔道:"滚远点,要洗去给你小姨洗!"

朱明安偏不滚,顺势抓过白牡丹手中的布带子,周身的血一下子涌到了头顶,面前马上现出了当年自己玩弄过的于婉真那同样的东西,就把此时当作了彼时,将还带着白牡丹体温的布带系到身上。

白牡丹见了,觉得惊异,后就格格笑着说:"明安,你还想做女人呀？我可是做梦都想做男人呢！"

朱明安脸涨得绯红，冲到白牡丹跟前，也不管白牡丹洗好没有，就把白牡丹抱到了里面房间的床上，扑到白牡丹赤裸的身上……

那女人专用的东西给朱明安带来了极大的冲动，梦中和小姨在一起时的无能没有出现。这就给了朱明安很大的信心，朱明安一边在白牡丹身上忙乱地动作着，一边便想，日后有一天和小姨在一起，他决不会丢脸的。他再不是小男孩，他是大男人了。

然而，心里却空落得很，和白牡丹亲热了一回，竟和没亲热差不多，满脑子还是那小姨于婉真，还差点把白牡丹唤作小姨……

九

这期间，租界内外办交易所的风潮仍在势头上，虽说已时常有些来历不明的交易所相继垮台，可总还是新开张的多。不断敲响的开张锣鼓，把那些垮台破产者的饮泣和抱怨全遮掩了。失败跳楼的新闻没多少人相信，一夜暴富的传奇故事却在十里洋场的舞厅、酒楼四处传诵。人人都以为这世界上遍地黄金，都把办交易所、炒股票当作发财的捷径。

如此一来，新远东的进展便极为顺利，预定一百万元的资本总额，一月之间如数收齐，都存进了胡全珍的腾达日夜银行，只等着有关当局验资开张。

与此同时，《华光报》的孙亚先又大造声势，请了个叫杰克逊的洋人提起假诉讼，说是自己早在新远东筹备之初已从伦敦发了快电，答应认股三万，如今却被别人挤占，没得到应得之利权，要求新远东筹备主任何总长作主，归还其三万股权。继而，孙亚先又假借何总长之名，在报上作公开答辩，声称本筹备主任从未接到过伦敦的快电，斥杰克逊是英伦骗子，看新远东资金雄厚，前程不可限量，便要挤进来讨便宜……

报上的假戏演得热闹，私底下的交易便也跟着热闹。交易所尚未开张，新远东的本所股票已被众人炒将起来，一元的票面被炒到了七八元，搞得老谋深算的胡全珍都目瞪口呆，以为这个世界疯掉了。

这就让于婉真和朱明安都后悔了。

于婉真、朱明安听了胡全珍的话，为保险起见，把半数的股票都以翻倍的价码让给了别人，用人家的钱交了自己应摊的股本，白赚了十万股本所股票。现在一见本所股这么疯长，又觉得吃了大亏，再不听胡全珍的劝阻，倾其所有的现金，以六元的价格吞回了三万股，握在手上再不放了。

白牡丹、许建生等人当初没有胡全珍的指点，不明就里，全用了自家的老本加上自己筹来的款交了股金，因此便发了，都赚了三万五万，抑或十万八万。何总长和邢楚之赚得更多——何总长原不想参与集股，后来一看势头好，竟一下子掏出十万认下十万股，转手三下两下一捣腾，便赚了五十万。邢楚之则是故技重演，挪用买军火的款子交了股本，又在半月之后以翻了四五倍的价格卖掉了大半股票，既补上窟窿，又腰缠万贯。

"发财真像做梦似的，"新远东股东代表会开会那日，邢楚之又到郑公馆来了，坐在楼上的小客厅里，对于婉真说，"我看我这副官长也别干了，干脆就脱了这身军装和你们一起办交易所得了！"

于婉真没赚多少钱，正觉得亏，便拉着脸，没好气地道："你要办还是办你的江南去，我和明安是不想和你搅在一起的！"

邢楚之笑道："八太太还为江南的事生我的气么？这就不应该了嘛，我这不是投到你裙下了么？"

于婉真仍是烦，嘴上却说不出什么。筹办新远东这阵子，邢楚之没啥事对不起她，倒是她对不起邢楚之。她怕邢楚之筹不出自己的股金，又打她的主意，老躲着邢楚之，就连胡全珍为她出的主意也没向邢楚之透一点。

邢楚之又说："八太太，我可不是开玩笑，我是认真的。人生在世，图个啥？不就图个财色二事么？我有你这么个美人儿，日后再赚上个百来万，这辈子也就不再想啥了！"

于婉真以为邢楚之又要提纳她为妾的老话题，便冷笑道："老邢，你以为你碰运气赚了点小钱，就能把我买下了么？"

邢楚之一怔："啥话呀？八太太！我咋会这么轻狂呢？"

于婉真拧着眉梢问："那你是啥意思？"

邢楚之笑了："我的意思是说，你看我做咱新远东的理事长咋样？"

于婉真这才悟到，邢楚之这次不是打她的主意，却是打新远东的主意。这兵痞明明知道她起办交易所是想帮朱明安做一番事情，却还是硬把手伸过来了，实在是很不像话的。按于婉真的设想，这新远东既是她和朱明安起办的，理事长一职就非朱明安莫属。晚上开股东代表会，想来大家也不会有什么异议。

邢楚之似乎看出了于婉真的意思，又说："我知道你想让你外甥朱明安做这理事长，可我想来想去，还是觉得我做比明安做要好，我终是在这世上多混了几年，经的事多。再者，我们是谁跟谁呀？还不像一家人似的！我做也就是你做了！"

于婉真强压着满心的不快，勉力笑道："你做这理事长当然不错，只是你手头的股份并不多，又是行伍出身，终是难以取信于大家，怕是推不上去哩！"

邢楚之头伸得老长，定定地看着于婉真："嘿，这不全靠你么！你要想让我做便做得成！你、我、何总长，还有明安几个朋友的股权加在一起，不就把我推上去了！"

于婉真心中好笑：邢楚之就是这般自作聪明，总以为人家是傻瓜。便不再周旋了，直截了当地说："老邢，我劝你还是别做这梦了！不说推不上你，就算把你推上去了，你也搞不好新远东！你在镇国军里做假账，吃空额行，主持交易所真是不行。到时亏掉了底，你也一样倒霉！"

邢楚之气了，皮球一样从沙发椅上弹起来，鼻子不是鼻子脸不是脸地叫："八太太，你就是信不过我！我知道，打从你那外甥回来以后，你的心便全用到了他身上！今日我把话说在这里，你记住了：你总有哭的一天！"

于婉真也唬起了脸："我就是哭，也不会到你面前哭，你也给我记住了！"

邢楚之很恼火，转身走了，边走边说："好，好，八太太，我不说了，我还要到办事处开会……"

于婉真突然间有了些不良的预感，站起来追到楼梯口道："老邢，你站住，我还有话要说！"

邢楚之在楼梯上站住了，回转身："你说！"

于婉真换了个人似的，微笑着款款走下楼梯，居高临下扶着邢楚之的肩头道："老邢，你看你，气性这么大！你别怨我，我是舍不得你离开镇国军。有层意思我刚才一直没说，怕你又狂。"

邢楚之仰着脸问："啥意思？"

于婉真在邢楚之脸上轻轻拍了一下:"你不想想,你还当着你的副官长,对咱交易所能帮多大的忙!用你的话说,五万镇国军值多少钱!"

邢楚之愣了一下,脸上有了笑意:"这话你还没忘呀?我他妈都忘干净了!"

于婉真说:"我日后全靠你呢,这话哪能忘了?"又笑眯眯地推了邢楚之一把:"你走吧,记着晚上准时到摩斯路大华公司四楼开股东代表会!"

邢楚之出其不意地在于婉真胸脯上捏了下:"我要来开会,今夜就不回办事处了,你可得好好陪陪我……"

于婉真连连摆着手道:"哦,不行,不行,晚上这么乱!"

邢楚之只装作没听见,把提在手上的公文包往腋下一夹,昂昂然走了。走到楼下大客厅门口,还回头向于婉真招了招手说:"别送,别送,我晚上总要来的。"

于婉真心里恨得很,却也不好说什么了。

当晚的股东会开得不错,起办新远东的朋友们,和那些朋友的朋友们都来了,何总长也来了。另外还来了个别号唤作"西湖居士"的大户王先生——谁也没料到这位王先生手里竟握有四万股新远东的股票。到会的众人都不说自己高价转让了多少股给王先生。于婉真只知道自己通过胡全珍,以翻了一倍的价钱让了一万股给王先生。王先生拖着一根细长花白的辫子,面目慈和,一副与世无争的样子,文绉绉地和大家拱手点头打招呼,挺招眼的。

到会的起办人和那位西湖居士王先生都成了理事,理事长自然是朱明安。是何总长按着于婉真的意思提出来的。何总长说,朱明安年轻能干,又到日本学过经济,懂金融商业之经络,最是合适。

于婉真知道自己手操胜券，又想堵住邢楚之的嘴，便提议表决，给各位刚当了理事的代表发了纸条，叫人家按股权正经推举一下。这就如愿推出了朱明安做理事长。

邢楚之仍不死心，提议再设个副理事长，说是万一理事长不能理事，也可有个替代之人。于婉真反对，说是就算万一理事长无法理事，大家都在租界里住着，也可以一起理事的。

胡全珍却说："设个副理事长总是好的，还是推举一下吧！"

于是又发了纸，又让众人推举——没推出邢楚之，却推出了胡全珍。

胡全珍忙站起来向大家抱拳作揖道："诸位，诸位，我在新远东股份并不多，又办着个腾达日夜银行，实是不能再做这副理事长了！副理事长么，你们还是另选高明。"

邢楚之说："珍老实心实意不做这副理事长，我们也不能勉强，我看就再推一个吧！"

便重新推了一回——谁也没想到，竟推出了那位"西湖居士"王先生。

王先生一副惶惑不安的样子，一边不住地搓手，一边讷讷着："这……这真是，这真是……"长长叹了口气，看看众人，又咕噜了一句："子曰：如之何？如之何？"

何总长便笑，且学着王先生的声调道："佛云：不可说。不可说呀。"

王先生便不说了，副理事长便算了王先生。

邢楚之这才泄了气，嗣后再不多说一句话了。

接下来，众人把自己手上的银行收据都向理事长朱明安当面作了交割，又就招聘训练所员、定制器具、更换填印正式本所股票诸事，议论了一番，定下了一些原则，会议遂告结束。

会后已是午夜十一时了，与会者都饿了，朱明安便以理事长的新身份，请大家到对面的"大兴楼"吃了夜酒。席间，由于婉真出面，招来几个妖冶的歌女侑觞，包房里一下子灯红酒绿，笙管嗷嘈。除了于婉真和白牡丹两个女人，其余的男人们大都放肆地笑闹起来，就连何总长和那位王居士也被歌女搞得神魂颠倒，被歌女揪着小辫灌了几杯酒。

邢楚之连副理事长都没当上，心中不快，对于婉真恨恨的，便拥着个年轻漂亮的歌女，不断喝酒，且把当夜要去郑公馆和于婉真共宿的事忘光了，散席时公然带着那歌女去了自己的办事处。

于婉真知道邢楚之是故意气她，却做出无所谓的样子，还笑着和邢楚之打趣，要邢楚之玩乐适当，别坏了身子。然而，在车上一路同行，看到邢楚之的手堂而皇之插到那歌女薄如蝉翼的红纱衣裙里时，于婉真仍禁不住一阵恶心，心里暗骂邢楚之不是人。没到公馆，于婉真在赫德路口就拖着朱明安早早下了车。邢楚之在车里和她打招呼，她也没理……

赫德路上夜风轻拂，灯光灿灿。灯光五颜六色，多且杂；远的近的，明的暗的，闪烁的抑或不闪烁的，像都糅于风中，一古脑地向面前涌。于婉真便真切地感到了大上海都市之夜的纷乱。天空也是纷乱的，不太黑的空中有朵朵白云在疾速涌动，当头的月亮时而被云朵裹住，有时半天都露不出脸来。

于婉真拥着朱明安缓缓在街上走着，痴痴地看着天空说："明安，还记得咱们老家的夜晚么？天上也是这么亮，星星比这里要多，有蝉鸣，还有蛙声，可却总让人感到静，不像在城里这么纷乱。"

朱明安颇不经意地说："我觉得到哪都差不多，就是在日本也是一样。"

于婉真叹了口气："你这孩子，离家也好多年了，就一点都不想家么？把你妈他们都忘了？"

朱明安说："没忘，却也不怎么想……"

于婉真道："你咋不想你妈呀？我都想呢！你妈可算是这世上最好的人了，我对她比对你姥姥、姥爷还亲。你妈大我整二十，我出生时她已出阁了，嫁了你爸。我落生那天，她回来了，你姥爷见我是女孩，不想留，就把我放到村头的小河边。是你妈把我抱了回来……"

朱明安说："这我知道，我妈早就和我说过的。"

于婉真又道："给郑督军做八姨太，也是你妈拦的，可没拦住……"

朱明安说："真拦住倒不好了，那就没有你的今天，也没有我的今天了——今天咱混得多好！过两天交易所一正式开张，咱就等着发大财吧！"

于婉真却不谈交易所，只道："过几天咱回趟家吧，看看你妈！"

朱明安迟疑了一下说："小姨，怕不行吧？交易所一旦开了张，你我就都走不了了……"

于婉真想想也对，便道："那就叫你妈到咱这来吧！我们好好孝敬孝敬她，也让她看看你的这盘大买卖！"

朱明安不好意思地说："这盘大买卖哪是我的呀？还不都是小姨你的！没有你一手操持，我能成啥事呀！"

于婉真停住了脚，搂住朱明安亲了一下："你知道就好，在这世界上，小姨心里只有你！"

朱明安这才注意到于婉真嘴里的酒气很重,举止也有些异样,心里怦然一动,搂住于婉真的腰肢,问于婉真:"小姨,你心里真的只有我么?"

于婉真点点头,先把一只手放在朱明安脸上抚摸着,后又用手指指了指自己的心窝:"你就在这里,白日黑夜你都在这里……"

朱明安情不自禁地紧紧抱住了于婉真,把于婉真的脚跟都抱离了地,口中喘着粗气说:"小姨,我……我知道,我早就知道你喜欢我,你过去不说我也是知道的……"

这时,一辆汽车迎面开过来,车灯的灯光几乎都打到了他们身上,给了他们一个意外的白亮,二人一惊,把紧贴在一起的身子分开了。

汽车过去之后,朱明安马上又把于婉真拥在怀里,一边用汗津津的手去抚弄于婉真圆润的肩头,一边垂首去亲吻于婉真那裸露的脖子和胸脯,嘴里还梦呓一般地喃喃着:"小姨……小姨……我……我日日夜夜都梦着你呢……"

于婉真把鬓发垂乱的脸颊紧贴到朱明安肩上,泪水骤然涌出眼窝,哽咽着说:"小姨又何尝不……不是日日夜夜梦着你呢?可……可我终是你的小姨,我……我想你这样,却……却又怕你这样,真的,我怕……"

朱明安吻去了于婉真眼中的泪:"这有啥可怕的?我们的事自己不说,谁会知道?!"

于婉真仰着朦胧的泪眼看着云朵飘动的夜空,轻声道:"天知道,地知道,日后大家也都会知道……"

朱明安叫了起来:"那也不怕!如今不是封建时代了,谁也不能拿我们怎么样!我们就是要……"

于婉真用手捂住了朱明安的嘴："别……别在这大街上又喊又叫的，快回去吧！"

回到家，脱了衣服洗澡时，于婉真的头脑突然清醒了，为方才街上那一幕后悔起来：她这是怎么了？怎么会主动往朱明安怀里送？朱明安是她嫡亲外甥啊，她这么着姐姐和世人还不把她骂做淫妇？！世上的男人并非只有朱明安一个，她咋就这么糊涂！

在浴盆里泡着，下意识地用手撩着温热的洗澡水，往身上浇着，又恨起邢楚之来，觉得今夜这一幕是邢楚之造成的。不是邢楚之气她，和歌女乱来，也不会勾起她炽热的情思——当然，还有酒。因着股东代表会开得好，她便多喝了几杯，这就差点儿坏事。

值得庆幸的是，方才这一幕是在大街上发生的，她终还没和朱明安做那事，这就好，这就证明她还不是那种乱伦丧德的淫妇。事情还有挽回的希望，她能拯救自己，也能拯救朱明安。

不曾想，于婉真想断然结束此事时，却结束不了了。

于婉真洗澡时，朱明安就在门外焦虑地等着，还隔着一扇门和于婉真调情，口口声声唤着亲小姨，好小姨，要进去给于婉真搓背。

于婉真心突突乱跳，不由自主便把赤裸的身体转了个向，背脊对着门，怯怯地说："明安，你……你回房睡吧，天不早了！"

朱明安不听，脸贴到门玻璃上，向于婉真央求道："小姨，我就要给你搓背，人家日本兴的……"

于婉真说："咱这不是日本，咱不兴。小……小姨也不喜欢。"

朱明安道："你喜欢。你在街上说过的，你心里日日夜夜装着我。"

于婉真怕朱明安会不顾一切闯进来，再不敢和朱明安啰唆，匆忙往身上打着肥皂，想赶快洗完出来。可一想到出来，却更是怕：

朱明安这就在外面，他不会就此罢休的。便又把打了肥皂的身子在浴盆中泡下了。

好在门玻璃上蒙着布，里面的情形外面的朱明安看不见，于婉真心才放定了些，又好声好气地劝朱明安回房睡觉，并认真地说："你要再不回去睡觉，小姨就生气了。"

朱明安半天没作声。

于婉真以为自己把朱明安吓住了，又说："小姨最不喜欢男人这么纠缠。"

朱明安这才道："要我走也行，你……你得把门玻璃上的布撩开，让……让我看看你……"

于婉真骂道："不要脸的东西，你以为你还十四岁呀？快滚！"

朱明安不滚，竟拿了根铁丝伸进门缝里拨门上的插销。

于婉真慌了，从浴盆里站起身，想去抽伸进门里的铁丝，却不料，朱明安偏把铁丝缩了回去，于婉真没抽到铁丝，忙乱之中却把门帘扯落了，整个赤裸的身子正对着朱明安，让朱明安看了个彻底。

朱明安隔着一方透明的玻璃呆呆地看着于婉真，半天没回过神来，后来，便疯了一般，不顾一切地用胳膊肘猛然捣碎了门上的玻璃，把手伸进门里，拉开插销扑进来。惊得于婉真带着一身的水珠子，软软地瘫在地上。

后来，朱明安怎么抱起了她，怎么给她擦拭身上的水，又怎么把她携到卧房的床上，她一点都不知道。她只记得，楼梯上响过脚步声，好像是刘妈在急急地上楼，她怕这场面被刘妈看见，本能地喊了声："是谁？别上来！"

玻璃破碎，在那个静夜里造出了惊天动地的响，这响声嗣后便在于婉真耳边回旋，连绵不绝，悠悠荡荡，一直伴随着她走进生命的黄昏。在垂暮的晚年，年轻的心已不复存在，多少世事也都忘却了，唯有那惊心动魄的响忘不了，就像是一种与生俱来的生命回声。

那夜，该发生的都发生了，一个把她唤作小姨，让她又爱又怕的年轻男子，把她放倒在松软的床上，抚摸她，一遍又一遍狂热地亲吻她的面颊，她的眼睛，还有她的身子，让她享有了一次从未享有过的激情。道德的恐惧在那激情中消失了，连一点影子都看不见了。罪恶感也不复存在，朦胧眼中看到的全是梦也似的美好，在那时刻，自己的整个生命就仿佛要化作一摊水，化作一片云，好像随时会飘起来，随风远去。

后来，天亮了，炽白的阳光从没遮严的窗外射进来，映照着他们两具年轻光润的躯体，他们才不约而同地发现，他们身上都有血痕——昨夜玻璃的碎片划破了朱明安的胳膊肘，他们沉浸在无限温情之中，竟都不知道。

然而，有一点于婉真自认为是知道的，那就是：朱明安没有骗她，这个已成了大男人的小男孩仍是小男孩，仍喜欢把她的那东西当裤衩穿，和她在一起时，一举一动也显得笨拙，若没有她指点，一切便不会做得那么好……

十

新远东万国交易所聘定十数个所员，办好相关手续，于十月的一天顺利开幕。开幕之日热闹非凡，门前张灯结彩，鼓号乐队都请了来，吹吹打打，像大户人家办喜事。从交易市场四楼上悬下的连环爆竹"劈劈啪啪"响了十几分钟，闹腾得大半条摩斯路烟雾弥漫。何总长请了不少嘉宾，工商界名流绅耆来了十几个，租界工部局也来了人。仪式过后，是例行的酒宴，开了整十桌，当晚又借大舞台唱了半夜的戏，白牡丹领衔主演《新红楼》，一帮姐妹颇卖气力，台下一直彩声不绝。宾客们都说，好久没看到这么好的戏了，众口一词夸赞新远东有气派。

然而，甚为荒唐的是，有气派的新远东直到开张那日，还不知道要用手上的一百万股金交易什么。申请注册的报告书和成立公告上做的皆是应景文章，实则没就这件事进行过认真研磋，都以为只要有钱，到时候什么交易都是好做的。现在百万巨款摆在腾达日夜银行，真要做了，大家却茫然了。后来，各自回家睡了一觉，一个个又都醒过梦来，这个要做橡胶丝绸，那个要做政府公债并其它有价证券，还有的坚持要投资实业。只胡全珍主张慎重，再三再四地叮嘱朱明安，要朱明安再看看市风行情。

朱明安拿不定主意，和于婉真商量，于婉真也不懂，就劝朱明安照胡全珍的意思再看些时日。于婉真说，咱这一帮人中，真懂生意经络的，还就算胡全珍了，他又入了十万的股，听他的准不错。可拖着长辫子的"西湖居士"王先生偏找上了门，认为不论做什么，都得做起来，这一百万是断然不能长期放在日夜银行的。

王先生提醒朱明安说，如今投机之风遍满城内，表面的繁荣热闹极不可靠，证券交易法上又颇多漏缺，大家都乱发自己的本所股，又相互买卖，这就有了极大的风险。因此，这飘乎不定的时刻，人人都可能发达，人人也都可能垮台，事事皆无定数。若是钱老放在日夜银行不动，被胡全珍用去做投机生意搞垮了，新远东也就完了。

这番话让朱明安警醒，朱明安不再迟疑，和于婉真、何总长几人一商量，没几天便动用三十万股金，把"九六""善后""统一"三种政府公债做了起来。同时，又依着邢楚之的主意，做江南的丝绸期货，南洋的橡胶。

做丝绸期货时，朱明安是充分信任邢楚之的，认为邢楚之做着镇国军的副官长，镇国军又实际控制着长江沿岸的丝绸产区，并且邢楚之本身是新远东的发起人，怎么说也是保险的。他不知道自己和于婉真好上之后，会激怒邢楚之，更不知道邢楚之想当新远东的理事长，控制新远东的美梦没做成，正一肚子恼火。而知道这一切的于婉真没想到邢楚之会这么毒，会在后来灾难性的日子里害人害己，于背后给新远东那么沉重的一击……

其时，灾难还没显出自己可怕的身影，朱明安和于婉真都正处在有生以来最得意的时日，二人相伴相依，来往于郑公馆和新远东之间，眼见着新远东交易市场里天天人头涌动，新远东的本所股票扶摇直上，心中满是盎然的春意。

三种政府公债都是得了何总长的内线消息，在跌到最不值钱的低位上吃进来的，吃进来没三天，便相继回升，先是"善后公债"，紧接着就是"九六公债"和"统一公债"，都升了三四成，转手抛掉，十几万便进了账。后来，何总长又得了消息，让他们大做空头——何总长说，中国目前这政治形势，南北对立，一片混乱，政府公债实际上是最靠不住的，前时的回升是北京政府中有人操纵，现在人家北京那边要抛了，大跌当属必然。果然，何总长这话说了不到十天，"善后公债"带头，三种政府公债都跌了，竟跌到三钱不值两钱的地步。朱明安和于婉真这一把空头，又为新远东赚了四十多万。

江南的丝绸也做得不错，邢楚之那时还没翻脸，手头又有不少股票，就四处放风，暗示自己入盟新远东，便是镇国军入盟新远东。还通过孙亚先的嘴说，镇国军不会让任何人操纵长江沿岸丝绸产区的，也决不会看着新远东的股票下跌。新远东的本所股便疯涨，从上市时的每股七元，三天便涨到十二元，十一月上旬，更涨到每股二十五元，交易所的账面资本额竟达千万之巨。

自然，这期间也跌过几次，只是跌幅都不大，而且每回都迅速反弹了，每反弹一次，价位就奇迹般地上升一截。

十一月中旬——这距新远东股票正式上市只一个多月，新远东为显示自己的气度和信心，在何总长和胡全珍的力主下，第一次发放股息红利，每股付息一元二角。金融工商界因此惊呼，此举为本市开埠以来所仅见，也为各国股市前所未闻之奇观。

新远东的信誉益发坚实，股票也更加抢手，一些银行钱庄开始接受新远东的股票作借贷抵押……

然而，在这狂热时刻，终也有头脑清醒者——一位化名"冷眼居士"的先生，在《商报》上撰文忆旧。别有意味地谈起了十年前兰格志橡皮公司的股票风潮，说是兰格志橡皮公司创办之初，也是气势不凡，三个月后便派发红股，万众为之瞩目。彼时卷入该股票漩涡的资本达白银一千四百万两。而最后破产时竟致许多人家破人亡，跳楼蹈江。

这话没人听得进去——不说新远东的股东们听不进去，就是一般民众也听不进去。迷乱的世界，在人们发财心理的支配下日复一日地迷乱着，把处在漩涡中心的朱明安和于婉真都送到了眩目的高空。

两具年轻的生命在高空中悠然飘着，俯视着自己制造而又造出了自己的世界，都觉得人生的风景美好无比，全无一丝一毫的怯意。滚滚涌来的金钱，和永不满足的肉欲像两只扑动的翅膀，支起了他们生命的全部重量。

那夜之后，朱明安和于婉真近乎公开地同居了，郑公馆的门再不对邢楚之开放，白牡丹也难得再单独见上朱明安一面。开始，邢楚之和白牡丹还以为朱明安和于婉真是忙着交易所的事，后来才发现不是那么回事。白牡丹亲眼见到朱明安和于婉真在交易市场的写字间紧紧搂在一起亲嘴。邢楚之最后一次去郑公馆，在于婉真楼上的卧房里撞到了朱明安。朱明安竟披着浴巾懒懒地躺在于婉真的床上，和于婉真拥在一起缠绵地调情……

十一

于婉真嗣后回忆起来觉得，自己一生中犯的最大的错误就是，三年前因着独守空房的寂寞无聊，一念之差委身邢楚之，又在三年后邢楚之最后一次到郑公馆来时，和邢楚之彻底翻了脸。

那日晚上，当邢楚之出现在她卧房门口，看到她和朱明安躺在床上嬉戏时，场面甚是尴尬，邢楚之呆住了，她也呆住了。后来，倒是她反应快了一步，把朱明安一把推开，穿上衣服要和邢楚之到小客厅说话。

邢楚之不走，依着门框站着，愣愣地看着她好一会儿，才冷笑着说："八太太，怪不得你这么抬举你外甥，原来你这小白脸外甥还兼做面首啊！"

朱明安那时尚不知道于婉真和邢楚之多年的关系，一听这话又羞又气，冲着邢楚之叫道："这关你屁事？你他妈的滚！"

邢楚之瞥了朱明安一眼，一把拖住于婉真，指着于婉真的鼻子说："咋不关我的事？你小姨早在三年前就和老子姘上了，不信现在你就问问这骚货！"

于婉真脸一下子涨得通红,从邢楚之手中挣脱出来,想甩手给邢楚之一个耳光,可手抬到半空中,却又放下了,强压着满腔的恨,对邢楚之说:"过去的事你不要再谈了——过去我并不欠你的,你走吧,从今以后再不要登这个门了。"

邢楚之"哼"了一声:"就是老子日后不来,你也不能跟自己嫡亲外甥这么乱来呀?你们还讲不讲伦常了?还要不要脸呀?"

原本气壮如牛的朱明安,被邢楚之这话问得羞愧了,心虚地看着邢楚之呐呐道:"我……我们不是嫡亲的……"

于婉真却不怕,手一抄,阴阴地对邢楚之说:"就算是嫡亲的,你又能咋啦?姓邢的,你是能抓我们,还是能办我们啊?!我记得这里好像还是租界吧?好像还轮不到你们镇国军来办这种风化案吧?"

邢楚之被激怒了,拔出枪,"咔嗒"一声打开保险,把枪口瞄向于婉真和朱明安,叫道:"老子手指一动,现在就能把你们办了!"

于婉真看了看邢楚之手中的枪说:"好神气呀,你大概是不记得当年咋跪在我脚下舔我脚背的事了!当年我只要有你这一半的黑心,也就叫郑督军把你办掉了!"

邢楚之狞笑道:"谁死谁活都是命!你得认命!"

于婉真拧着眉头问:"我要是不认呢?"

邢楚之枪口一抬:"老子今夜就一枪结果你!"

于婉真格格笑了起来,笑毕,才叹了口气说:"算了,老邢,把枪收起来吧,别演戏了!你心里有数,你从未真心想对我好过;我呢,也从未把你当回事,你断不会为我这么个女人闯这种杀人大祸的!眼下咱们的新远东又这么红火,你也舍不得就这么毁了它!对么?"

邢楚之被于婉真说愣了，脸上的勇气流失了不少，可手上的枪还是指着于婉真。

于婉真又抱着膀子向邢楚之面前走，边走边说："你呢，把我忘了，我呢，也把你忘了，咱们反正谁也不欠谁的，日后就做个生意上的朋友。"

邢楚之的枪口这才垂了下来。

然而，邢楚之和朱明安都没料到，这时，于婉真走到邢楚之面前，竟趁邢楚之不备，极突然地一把夺过邢楚之手上的枪，后退两步，将枪口瞄向了邢楚之。

邢楚之大惊："你……你这是干什么？"

于婉真厉声喝道："无赖东西，给我跪下！"

邢楚之不跪，还试着想向于婉真面前走。

于婉真枪口一抬，又是一声断喝："跪下！再不跪，我就打死你！"

朱明安怕于婉真真会伤了邢楚之，在于婉真背后叫道："小姨，这……这枪是打开保险的，你……你别走了火！"

这话也提醒了邢楚之，邢楚之再顾不得脸面，软软地跪下了。

于婉真两手握着枪，瞅着邢楚之说："姓邢的，我给你说清楚：今天的事都是你自找的！你纠缠了我三年多，也骗了我三年多，今日竟一点旧情也不记，当着明安的面，啥……啥不要脸的话都说，还敢用枪瞄着我！你……你自己想想亏心不？"

邢楚之苦着脸说："婉真，你……你别生气，我……我是和你闹着玩的。"

于婉真眼里渐渐汪上了泪，说话的声音也哽咽了："对，你闹着玩。你……你一直把我当……当玩物来闹着玩，还有死去的郑督军和……和何总长,也都……都把我当玩物,都以为……以为我只配做姨太太,天生……天生就是给你们这帮臭男人玩的……"

邢楚之说:"三年了,我……我对你总……总还是有真心的。要……要不也不会这么气……"

于婉真"呸"了一声,把枪对准邢楚之光亮的脑门:"你再说有什么真心,我的枪真要走火了!"

邢楚之不敢说了,连连点头道:"好,好,这……这三年就算……就算咱都是做梦吧。"

于婉真这才擦干眼中的泪道:"你滚吧!我要说的话都说完了,我和明安的事你也知道了——其实早一天知道,晚一天知道,你总要知道的,我从心里就没想过要瞒你。——真是的,你算我的什么人?能管我?!"

朱明安也说:"邢副官长,我小姨说得对,这地方你是真不能来了,新远东的证券生意我们照做,只是这里你别来,我小姨的性子你不是不知道,别真闹出啥乱子……"

邢楚之极狼狈地从地上爬起来,看看朱明安,又看看于婉真,憋了半天,终于把火发了出来,紫涨着脸说了句:"从今往后,哪……哪个驴日的还会再来!"

邢楚之走后,于婉真手上的枪滑落到地上,人也摇摇晃晃立不住了,捂着脸,默默哭着蹲下来。朱明安一见,过来扶起于婉真,让于婉真坐到了卧房的大床上。

于婉真坐在床边仍是哭,方才的狠劲全没了。

朱明安劝道:"小姨,都过去了,就别想它了。"

于婉真仰起泪脸问:"明安,邢楚之说……说的话你都听见了,你……你恨我么?"

孽 海 | 067

朱明安亲着于婉真的泪脸道："我不恨你，人都有难处。再说你那时又不敢和我好，都把我送到了日本，我能怪你啥？我觉得你当时和邢楚之好，实也是出于无奈。对么？"

于婉真点点头，软软偎依在朱明安怀里，又说："其实，打从你回来的那天，我就想和邢楚之断了这层关系的，可邢楚之总来缠，你也看到了的……"

朱明安抚弄着于婉真的脸庞，轻柔地道："第一天见邢楚之来找你，我就疑惑：我们谈起办新远东，这么重要的事，你咋偏撇下我们上楼去陪他？我上楼后，恍惚还看见他抱你。"

于婉真说："我怕他会当着你的面说出这层关系，一直怕，对他满心厌烦，还得哄着他，没想到，这东西今日还是当着你的面把啥都说破了……"

朱明安道："说破也好，这一来，咱就都轻松了。"

于婉真抓住朱明安的手说："后来，筹办新远东，我又多了一份怕，怕这无赖会仗着镇国军的势力给我们捣乱。"

朱明安笑道："如今也不怕了，——新远东已办起来了，且办得那么好，邢楚之会和自己捣乱么？再说，凭他一个小小的副官长，就是想捣乱也捣不起来！"

于婉真不同意这话，坐起来看着朱明安，认真地说："明安，这你却不能大意。邢楚之这人你不了解，我是了解的，今日闹了这一出，他必不会罢休的。"

朱明安道："那也不怕，新远东终不是我们两人的，还有何总长他们呢！邢楚之敢和何总长捣乱么？"

于婉真叹了口气："我是怕邢楚之和你捣乱！你不知道，我也没和你说：这无赖最初是想做咱新远东理事长的！"

朱明安耸了耸肩："好啊，只要能做得好，让我们大家都发达，就是让他做这理事长也行，我不争，我只和他争你，有你这一个小姨我就知足了。"

于婉真打了朱明安一拳，气恼地说："你真没出息！男子汉大丈夫就是要做一番大事业，你竟这样想，小姨真白疼你了！"

朱明安愣了一下，一把揽过于婉真："好，好，小姨，我听你的，去做大事业，日后把咱的新远东办成租界内外第一流的交易所。"

于婉真这才笑了，在朱明安额头上亲了一下说："这就对了。你得防着邢楚之搞鬼，不能让他插手交易所的经营。"停了一下，又说，"另外，还得防着白牡丹。白牡丹得不到你，就会毁你……"

朱明安点点头："这我知道。"怪不安地瞅了于婉真一眼，又道："其实……其实，我和白牡丹……"

于婉真问："你和白牡丹怎么了？"

朱明安垂着头，满脸羞惭："小……小姨，我……我不骗你，你……你也得原谅我：白牡丹已和我……和我……"

于婉真明白了，长长叹了口气："好，别说了，我猜到了，必是那骚货硬拉你上了床……"

朱明安抬起头，诚实地道："也……也不是她拉的，是……是我找的她！我……我当时想，我若不和她好上，你就不会把我当回事，——我当时真是这么想的，私下里还希望白牡丹去告诉你，让你气。这……这都是真心话。小姨，你……你信么？"

于婉真万没想到朱明安会这么想，又会这么做，又恨又怨地瞅了朱明安一眼说："你呀，你真还是个小男孩！"

朱明安把头埋在于婉真的怀里摩蹭着道："小姨，在你面前，我……我真就想永远做个小男孩哩！"

于婉真扳着朱明安的脑袋，把朱明安推开说："死开，我不要小男孩，只要大男人！"

朱明安却又扑了上来，扒着于婉真的脖子，亲吻于婉真高耸的胸房，甜甜地道："那你就教我做大男人……"

朱明安激情洋溢，一次又一次触摸亲吻于婉真。于婉真这才把邢楚之和白牡丹都忘了，身子禁不住软了，终于顺势倒在床上，任由朱明安摆布。

朱明安小心地给于婉真脱去了脚上的高跟白皮鞋，把她一双修长秀气的腿放到床上，继而，又温存地去脱她身上的电光绒睡裙，最后，两手在她滑润如同凝脂的躯体上轻抚着，很诱人地笑着问她："小姨，下面该干啥了？"

于婉真沉迷地眯着眼，作势推了朱明安一把："下面你该回你房里睡觉了，早睡早起才是乖孩子。"

朱明安一跃而起，跳到床上："我要小姨搂……"

这夜仍是炽热甜蜜的。于婉真和朱明安都并没有因为邢楚之闹出的一幕而收敛各自的激情。他们仿佛于冥冥之中知道来日无多，都全身心地沉浸在两个人的世界中，尽情享受着生命的无限快乐。身前身后的一切，在那无限快乐的夜里全忘却了，存在的只有亦真亦幻的美好梦景和那灵肉交融而生发出的悠长无际的呻吟……

也就在这夜，新远东的本所股开始暴跌，夜市收盘前三小时，已从每股二十八元四角，跌至二十二元，短短三小时内跌了六元四角，夜里一时整，终以二十一元收盘。

聘来的所务主任田先生甚为紧张，破例于一时二十分打来电话对朱明安说，事情蹊跷，估计有人背后做了手脚，大概于十时前后，在新远东和其他四家交易市场，同时把新远东股票大量抛出了。

朱明安放下电话和于婉真一说，于婉真马上想到了邢楚之，并断言事情尚未结束，明日势必将有一场恶战……

十二

第二日早上天很凉，阴沉沉的空中像灌满了铅，牛毛细雨飘飘洒洒地落，远处近处的景状一派朦胧。朱明安的心情忧郁，坐在洋车上了，还不时地把头从支起的车篷里伸出来看天——因着一夜没睡，脸色也不好，青且暗。于婉真便忧心起来，怕朱明安于这关键时刻坏事，临时改变和何总长会面的打算，在赫德路口又叫了辆洋车，和朱明安一起出了门。

去交易所的路上，朱明安一直在默默抽烟，翻来覆去想昨日夜市暴跌的缘由，觉得不像是邢楚之所为。邢楚之离开公馆时已近九点，就算他马上赶到镇国军办事处进行安排，也来不及在三小时内同时在四家开办夜市的交易所抛出几万股。必是有人及早做了准备，一直在等待这个时机，想趁着新远东股票涨到如此高位大赚一笔，就此抽身。只是，这人是谁却不知道。因何这般猛抛也不知道。

上了摩斯路，快到新远东交易市场时，两辆洋车走到了并排，朱明安从车篷里探出头，把这番思虑给于婉真说了。

于婉真仍坚持认为是邢楚之所为，说："除了邢楚之，握有几万股的大户差不多都是咱们最初起办交易所的朋友，谁也不会这么使坏。"

朱明安摇摇头说："这话可不能说死，除了咱们的起办人，新的大户必还会有的，不定谁早就在低价位时吃足了，然后便吐……"

于婉真也疑惑了，嘴上却说："不至于吧？"

朱明安叹了口气："不至于就好，真要是邢楚之一人作梗倒不怕了，他有多少本钱？敢和大家对着干？！"

于婉真说："不论咋着，你今日都不要慌！"

朱明安道："有你在，我就不慌。"

到了交易市场，坐到写字间的转椅上了，朱明安仍是不安，可因着于婉真在面前，勇气便足了一些，脸面上也没露出明显的怯意来，且强笑着和赶来禀报的所务主任田先生主动打了招呼。后来，一边听着田先生禀报昨日夜市的情形，一边又不动声色地看着报纸——是一份早上刚到的《商报》。

许多交易所情况都不妙，《商报》头版的通栏标题是："狂飚骤起之前兆乎？霹雳昨日炸响：合众、大中国、华洋三交易所宣告破产倒闭。"又看到第二版的本埠新闻栏里有大幅图片：无数平民百姓围涌在不知是"合众"，还是"大中国"交易市场门前呼天喊地……

朱明安心中一惊，把《商报》合上了，对尚未禀报完的田先生说："好了，好了，先说到这吧！我看没啥了不得！"随口便把报上的新闻说了出来，"田先生，你不要怕，我们终不是合众、大中国！"

田先生走后，朱明安把《商报》递给正站在窗前看景的于婉真，不无忧虑地说："小姨，你看看，大中国都倒了，昨夜新远东的跌风怕也与此有关！"

于婉真接过报纸看，看毕便说："该死，我们真是昏了头，昨夜发生了这么大的事，我们还只顾耍闹……"

朱明安像没听见，愣愣地盯着窗外看。

新远东的交易市场和写字间都面对摩斯路，往常立在窗前能看到大半条繁华热闹的街面和远处满是花园洋房的法租界。今天天上的毛毛雨飘个不停，烟云朦胧，远处的风景便看不到了，就是近处的街面也无过去的热闹，细雨中没有多少车辆行人，显出几分寂寞冷清。

于婉真又自问道："难道……难道真会跌风骤起么？"

朱明安脱口说了句："小姨，我要也像合众、大中国一样败了，跳楼可比他们方便！"

于婉真一惊，用报纸在朱明安脸上抽了一下，怒骂道："放屁！"

朱明安笑了："我是随便说说，你别当真。"

于婉真仍绷着脸："随便说说也不行！"

朱明安亲了于婉真一下："好，好，我不说了就是！"

于婉真叹了口气，把报纸还给朱明安道："你别忧心，就算真是跌风骤起，我们也顶得住。你刚才和田先生说的是对的，我们不是合众，也不是大中国，我们账面资本有千万之巨呢！再者，你一个大男人，也总要经得起事！"

朱明安终于鼓起了勇气，点点头说："小姨，你别说了，我都知道了，你就睁大眼睛看吧，看我是不是大男人！"

九时正，新远东开市了，朱明安透过写字间外面的腰门看到，不远处的拍板台上，田先生和几个所员已陆续就位。板牌竖起了，台下的围栏旁已聚集了许多面孔熟悉或陌生的经纪人。他们三五成群地在谈着什么，身边时有场务员来回走动。朱明安走到腰门口又看到，交易大厅正门大开，像个巨兽的大嘴，正把越来越多的人往自己肚里吞。渐渐地，大厅里便挤满了人，站在高处望去，总有点让人眩晕，加之人多嘈杂，那眩晕的感觉便更重。

新远东以二十一元开盘，趋势仍是跌——不管邢楚之做没做手脚，今日的交易者受合众、大中国、华洋倒闭的影响，对股市缺乏信心已属确凿。开盘后没多久，便从二十一元跌至二十元，朱明安授意田先生吃进一些，仍是无济于事，停板时，已跌到十九元五角。

第二轮开拍前，何总长打了电话来，是于婉真在写字间接的。昨夜的事于婉真天一亮就告知了何总长，何总长便紧张动作起来，早饭没吃便找了胡全珍和白牡丹几人，分头了解内幕。现在说是弄清了，邢楚之真就捣了鬼，把手头的股票抛光了不说，还把镇国军的八十二万军火款和自己赚来的三十万以化名偷拨到日夜银行，今日要大做空头。

于婉真对着电话说："干爹，那我们就告邢楚之一票，把他挪用军火款的事电告镇国军司令部！"

何总长笑道："婉真哪，我们做那缺德事干啥呀？我这人是最恨告密的了！我们不告他，就让他去抢这只帽子，今日做成这空头！"

于婉真不解："可……可这么一来……"

何总长又笑，笑得电话的话筒都颤抖："这一来要大跌是不是？不要怕，让它跌，跌到一定的时机，我们一起吃进，联手做多头！"

于婉真恍然大悟，叫道："干爹，你好厉害！连镇国军的军火钱都要赚，这一来，只怕邢楚之要破产了！"

何总长说："不但是破产，他是要吃枪子哩！八十多万军火钱赔掉，他还想活呀？做梦吧！"

这一手挺毒的，搞不好真会把邢楚之的命送掉，于婉真先觉得下不了手，可转念一想：这事本是邢楚之挑起的，且在这种跌风已起的时候，邢楚之实是自作孽不可恕，便叫过朱明安，把何总长的意思说了。

朱明安心也软，愣愣地瞅着于婉真道："这……这是不是太狠了点？"

于婉真笑了笑："这是邢楚之逼我们做的，商事如战事嘛，来不得妇人之仁的！"

朱明安又说："可万一受合众、大中国的影响，新远东真就跌掉了底，那咋办？"

于婉真想了想道："那也只好拼，真那样就是天命了！"

于是，朱明安一上午再没做一把多头，只是不动声色地看，并把场内的交易情形随时让于婉真通过电话告诉何总长。然而，也实是提心吊胆，怕这般跌下去，局面会不可收拾。

熬人的上午终于一分一秒挨过去了，十二时整，终场锣鼓敲响，新远东以每股十六元二角的低价收盘。

中午，何总长和胡全珍、白牡丹等人又是一番紧张磋商筹划，还把于婉真从交易所叫了去参与意见，最后一致认为十六元二角已是底价了，不能让新远东再跌了，遂决定下午一开市，联手吃进。

二时整，后市开市，交易市场内一下子人如蚁集。新远东昨日夜市和今日上午前市的骤跌，引起了一班民众的恐慌，许多人中午连饭都没吃，就在交易所门外等，门一开，便都涌进来了，潮水一般，人比上午要多得多。朱明安在场内转了一圈，从众人的脸色和议论中已觉察出，场内的抛风已趋形成，如不联手吃进，新远东真就险了。

下午是以每股十六元开拍的。开拍后只几分钟，便有不少人大叫卖出。而与此同时，强有力的买进开始了，何总长和胡全珍派出的经纪人，都挤到拍板台下的围栏前，又是打手势，又是伸臂叫嚷，三千股五千股地大量吃进。许多要抛的人迟疑起来，把已准备抛出的主意先收了，困惑不解地在一旁观望。

新远东的股价开始飞速回升，由十六元转眼间跳到十八元二角，将停板时已破了二十元大关，至每股二十元八角。

第二盘二十一元开拍，卖出之声已荡然无存，拍板台下一片买进的喧声——后来得知，就在这时，在场外指挥的邢楚之看到势头不好，知道何总长这边反击了，自己如再把空头做下去，只有跳楼一途，遂反做多头，大量买进，才没把镇国军的八十二万军费和自己的三十万血本最后赔完。

这一来，上涨的动力更大，后市收市股价竟又回到了二十七元三角的高位，距昨日夜市二十八元二角的价位已相差无几。场内场外，众人便议论纷纷，说是新远东这二日内的暴跌骤涨，是空头集团和多头集团斗法所致，而新远东终是财大气粗，实力雄厚，不论是多头集团抑或空头集团，都撼它不动。

为此，朱明安大为兴奋，把合众、大中国和华洋倒闭的事忘得一干二净，当晚立在写字间的窗前，看着窗外夜都市的万家灯火，心情极是愉快，临离开交易所时，还给于婉真打了个电话，在电话里得意地对于婉真说："小姨，今晚你得好好犒劳我……"

十三

为了庆贺胜利，何总长破例在家里请客，以他和五太太的名义，邀了于婉真、朱明安、胡全珍和白牡丹四人来吃火锅。

最先到的是白牡丹，白牡丹事先不知道何总长都请了谁，一进门，见偌大的客厅里空荡荡的，便问何总长："今日明安来不来？"

何总长说："要来的，我把他和婉真一并请了。"别有意味地看了白牡丹一眼,又拖着长腔说:"我知道你喜欢他,敢不请么?"

白牡丹冲着何总长笑了笑,没作声。

何总长扯住白牡丹的手拍了拍:"只是我不知道,那小白脸喜欢不喜欢你呀?"

客厅的壁炉已生了火,屋里挺热,白牡丹把手从何总长手里抽出来,又把穿在绿缎旗袍外面的毛线衫脱了,挂到衣帽架上,才叹了口气,对何总长说:"谁说我喜欢小白脸?!"

何总长说:"孙亚先说的呀。"

白牡丹道:"那是孙亚先瞎说,这人是记者,专靠瞎说混饭吃!"又说,"朱明安不是和我,却是和……和谁,何总长,你猜猜看?"

何总长手指往白牡丹额头上一按:"不就是和于婉真么?我知道的。"

白牡丹不屑道:"真个不像话呢!一个外甥,一个姨妈,竟然……"

正说到这里,朱明安和于婉真被一个老妈子引着进来了。

白牡丹一怔,和何总长一起迎上去,和于婉真、朱明安打招呼。打招呼时,便瞅着于婉真身上的法国线绒外套说:"婉真,你这外套真漂亮,是明安孝敬的吧?"

朱明安有些窘,呐呐道:"白小姐又……又开玩笑……"

于婉真却扯着白牡丹的手,挺认真地说:"真还就是明安买的呢!是昨天在'大西洋'买的,今日要到何总长这来,明安非让我穿,我倒没觉着哪里好,不想穿,可明安就是不依,便穿上了。白姐,真是很好么?"

白牡丹知道于婉真在刺她,心里恨恨的,嘴上却道:"不错,真

孽 海 | 077

不错，明安有眼光。"

何总长也说："明安算是被婉真调教出来了，前天和邢楚之斗法斗得好，今天我得好好敬明安几杯酒！"

于婉真笑道："哪里呀？明安做得好，是因为有干爹你撑着哩。"

朱明安连连点头，对于婉真的话表示赞同："是的，是的。没有何总长，我哪经得起这种事呀！"

何总长高兴了，哈哈大笑着，默认了自己的不同凡响，挥着手说："邢楚之哪是我的对手？他实是不自量力呢！"

朱明安道："可这家伙终是滑头，还是逃掉了……"

何总长摇摇头说："没逃掉——我能让他逃了么？昨日我已把邢楚之挪用军费的事电告了镇国军司令部，当天刘督军就下了手令，要抓他，只不知抓到没有。"

朱明安舒了口气："这就好。就算抓不到，这人也不敢再到咱新远东露面了……"

何总长和朱明安说话的当儿，白牡丹已拖着于婉真坐到了自己身边的沙发上，说起了悄悄话。

白牡丹指着朱明安穿在身上的米色西装问于婉真："这是那回咱在万福公司给明安买的吧？"

于婉真瞅了朱明安一眼，含糊地承认了："好像是吧。"

白牡丹说："真精神。婉真，你算是有福气。"

于婉真道："我也是没办法，他十四岁跟我，就恋我……"

白牡丹吃吃笑了："今日就恋到了床上……"

于婉真白了白牡丹一眼："那又怎样？"

白牡丹还是笑："不怎样，我……我和他也有过的。"

于婉真淡淡地道："这我知道，明安和我说了。"

白牡丹一怔，挺失望的，可马上又俯到于婉真的耳际说："明安人不错，就是做那事时急了些，像小公鸡，是么？还……还——婉真，我都不好意思告诉你：他还玩我的月经带，那脏兮兮的东西。他也玩你的么？"说毕，又是吃吃地笑。

　　于婉真心里很气，却不好发作。

　　正尴尬时，何总长的五太太笑着叫着从楼上下来了，继而，胡全珍又到了，大家不约而同谈起了新远东，这才给于婉真解了围。

　　吃饭时，白牡丹还想和于婉真坐在一起，于婉真却躲了，硬把五太太让到白牡丹身边，同时也想着要在白牡丹公然作践朱明安时，给予必要的反击。

　　然而，白牡丹没有给朱明安难堪的意思，酒杯一端起，说起了那夜的事。据白牡丹说，邢楚之决定发难时找过她，她想都没想就回绝了，第二天还把这内情告诉了何总长。

　　何总长捏着小巧的酒杯，抿了口酒证实道："不错，若不是白牡丹一大早来说，我再怎么也想不到姓邢的会来这一手！我立马顺藤摸瓜，找到了镇国军办事处，后来又让珍老查实了。"

　　胡全珍说："可也怪，那日夜市抛出的新远东有八万多股，邢楚之手头没这么多，我知道的。他一开始筹措的股款就是挪用的军费，后来要还，就陆续卖出了……"

　　朱明安道："是哩，我也觉得怪。邢楚之手头最多一万股，就算都在三小时内抛出，也不至造成那么凶的跌势，这里面是不是还有别人在暗中使坏？"

　　何总长摆摆手说："这事一点都不怪，我看必是邢楚之猛抛那一万股，带动了外面的散股，加上那日又有大中国、合众的倒闭，夜市上的人心便浮动了，这种事在十年前的橡皮风潮中就有过……"

五太太见众人老谈股票，不耐烦了，用筷头敲着桌面道："好了，好了，事已过去，就别说了！"

胡全珍不无忧虑："还不能算过去呢！邢楚之捅的娄子还没完，这狗东西一走了之，镇国军那边就瞄上我们了。今日下午，刘督军派了一个军需副官、一个团长坐蓝钢快车从南京赶来了，追讨那八十二万军火款。可邢楚之化名的账上只有三十一万了……"

朱明安道："那便把三十一万拨给镇国军就是！"

胡全珍说："若是拨过之后，邢楚之再冒出来要钱咋办？"

何总长说："邢楚之不敢——镇国军正抓他呢，他还敢往枪口上送？"

胡全珍头直摇："那也不行，我这日夜银行办在租界里，是在租界注的册，有关手续不办全，我是不能给的！"

何总长认真了，用筷子头频频点着胡全珍："珍老莫开玩笑，刘督军可不是当年的郑督军，和我并无多少关系，你们若是闹僵了，我可没办法。这笔钱你说啥也得快还给人家，拖下去只怕还会有新的麻烦！你珍老也不想想，刘督军横行霸道，无理都赖三分，有了理还不逼人上吊？！"

于婉真也插上来道："我干爹说得对，珍老，你可不能做这与虎谋皮的事，否则，不但是你的日夜银行，只怕整个新远东都要跟着倒霉。"

胡全珍一声长叹，心烦意乱地说："好，好，我想法还了就是！"

这话谁也没注意：偌大一个日夜银行，竟要为三十一万去"想法"，这实已透出了日夜银行的严重危机，大家竟都没悟到——就连极为世故的何总长都没悟到。

胡全珍也不愧是条滑头的老鱼，短促的失态过后，立马又振作精神，在整个吃酒过程中和众人谈笑自如，还要白牡丹清唱助兴。

白牡丹不愿唱，说："我早就言明的，只要发了财，就再不做任人轻薄的戏子了。"又说，"我打从起办新远东，便退出了大舞台，已是几个月没吊嗓子了。"

何总长不依："你说过还愿为我唱的！"

白牡丹道："我是说过，可我今日真没情致。"

于婉真便劝："就为何总长和珍老唱一回吧！这里没人轻薄你。"

白牡丹对于婉真满是怨恨，觉得于婉真说是没人轻薄，实是故意轻薄她，益发不愿唱了。

何总长说："我知道了，我们都没面子，只一个人是有面子的，倘或这人请白小姐，白小姐便一定唱……"

胡全珍明知故问："这人是谁？"

何总长把油嘴向对过的朱明安一努："我们的理事长嘛！"

朱明安脸一红："何总长开玩笑了。"

何总长笑道："不信你就请一下试试！"

朱明安窘迫地去看于婉真，于婉真摆摆手说："算了，算了，白姐几个月没吊嗓子，怕唱不好让我们笑她，我们就别逼人家了……"

不曾想，于婉真话没落音，白牡丹偏离座站了起来，清清嗓子，面对众人唱将起来——是《新红楼》里的一段：

未卜三生愿，频添一段愁；
闷来时敛额，行去几回头。
自顾风前影，谁堪月下俦？
蟾光如有意，先上玉人楼。

一曲唱罢，众人拍手喝彩，都道白牡丹天生一副金嗓子，莫说几个月不唱，就是几年不唱，一开腔仍是不同凡响。

只朱明安不说话，坐在那儿夹支烟发呆，烟灰落到西装上，把西装烧了豆大一个洞都不知道，后就一声不响地出去了。

朱明安一出去，于婉真也跟着出去，重坐到酒桌前的白牡丹默默无声地把面前的一杯酒一饮而尽，又让何总长倒满了，没头没脑地说了句："啥都像做梦，这世界还靠得住么？"

何总长想安慰白牡丹几句，朱明安和于婉真却相伴着回来了，何总长只得改口说起新远东。要大家都从心里把新远东当作自己的，不论日后还会有多大的风雨，皆要一同退进，不能只顾自己。众人均点头称是，都声言自己再怎么样也不会做邢楚之第二……

十四

更大的风潮十几日后便到了，报上天天都有大量的坏消息，市面糟到极点，不是这家开幕不久的交易所倒闭，就是那家老字号的银行钱庄关门，硬挺着的也大都岌岌可危。各报本埠新闻栏里尽是自杀、逃跑、吃官司的恐怖新闻：前时倒闭的大中国理事长被债权人逼杀；万福公司职员余某投机失败，偷了公司一票钻石逃到南京，在南京被捕；遗老赵某败尽祖业，羞见儿孙，以六十七岁之高龄悬梁殒命；"呜呼哀哉"四字在报上时常出现，竟成了民国九年冬天上海本埠各报馆主笔记者老爷最常用的词语……

新远东也正是在这时候从眩目的高峰一头栽入致命深渊的，只是谁都没想到，这其中的直接原因竟是胡全珍腾达日夜银行的垮台。那位西湖居士王先生当初说得真不错，胡全珍不但打了新远东股金的主意，把新远东的钱拿出去放高息短债、做投机生意，且把新远东在腾达日夜银行的所存款项弄成了一篇谁也算不清的糊涂账。其时已届年底，银根照例很紧，胡全珍亏掉了底，押出去的款大都收不回，连镇国军那三十一万的军火钱都还不出，哪还有不倒的道理？

这就捅了大娄子，镇国军的便衣把胡全珍从租界里秘密绑了，押到镇国军办事处，同时在报上发表公告声称：前镇国军副官长兼上海办事处主任邢楚之系镇国军通缉之要犯，所做之股票交易均属无效，邢某挪用之八十二万军费，腾达日夜银行和新远东交易所须负责如数归还，否则后果自负！文告还把新远东称作诈骗民财国帑的乌合团体，点名道姓把何总长骂为"体面无赖"。

镇国军的文告在《华光报》见报前，新远东本所股已受倒闭风潮的影响跌至每股十五元，文告见报后，当天即崩盘，上午前市跌了三元多，下午后市跌了五元多，夜市竟又跌了五元，至夜市收盘，每股仅为一元二角了。

这一日嗣后被人称做"黑色的星期四"，该日不但是新远东，大部上市股票也都得了命令一般，一体崩盘，全部暴跌。嗣后便是一场规模空前的金融经济大混乱。伴着"黑色的星期四"的阴影，在前后不到一周的时间里，各类证券、期货交易所和相关银行、钱庄纷纷破产倒闭。

灾难的风暴于数度叫嚣后，终于扑天盖地席卷而来了……

十五

黑色的星期四带着灭顶之灾来临时，朱明安却麻木着，他只注意到了镇国军的文告，没注意到胡全珍的去向，更不知道腾达日夜银行已破产，以为这回还是上回，心里并没把镇国军的文告太当回事。

早上看到《华光报》后，朱明安先给报馆的孙亚先挂了电话，想让孙亚先想想办法，火速写篇锦绣文章，挽回些文告造出的不良影响，不曾想却没找到。再找胡全珍，仍未找到，接电话的职员结结巴巴，不敢说胡全珍被镇国军的人绑去了，只说被请去了，朱明安没在意。又拨电话给何总长，问何总长可看到了镇国军登在报上的文告？何总长说是看到了，要朱明安莫理睬，还在电话里骂刘督军是穷疯了！

整个上午，朱明安竟没到摩斯路上的交易所去！

中午，于婉真回来了，见面就说，整个市面情况都不好，新远东跌得凶，怕要出现崩盘。

朱明安这才慌了，连中饭也没顾得上吃，便去了交易所。

到交易所听了田先生的禀报，朱明安头皮直发麻，再不敢掉以轻心，就坐镇写字间，一直抓着电话和何总长保持联系。

然而，就是在这时候，朱明安仍不知道这已是新远东的末日，还在下午一开市时就告诉何总长，要何总长转告众人，为力阻跌风，大家手头的本所股都不能抛，还要尽力吃进，争取把股价先稳在十元上下，避免最后崩盘。

何总长赞成，在电话里说："明安，你是对的，这种时候一定要吃进，都联起手吃，否则，崩了盘大家全完了。"

朱明安又想到胡全珍，又说："何总长，你还得想想办法找到珍老，让珍老带头吃进，日夜银行终是财大气粗的——当然，能让珍老再拉几家相关银行、钱庄托一下市就更好了。"

何总长连连应诺道："好的，好的，我会告诉珍老的，也会告诉大家，一起来吃！"又道："明安，你不要慌，一定不要慌，只要有我在，一切都有办法！"

然而，大家都吃进——于婉真把手头一直没动过的近十万珠宝都押了出去，来吃新远东的本所股，本所股仍是跌，崩盘的局面已经形成，一切真是糟透了。

夜市快收市时，何总长才又打了电话来，对朱明安和于婉真说，坏了，胡全珍的日夜银行已破产，人也被镇国军抓去了，新远东已成烂股，大家都快把股票抛光逃命吧！

朱明安和于婉真一下子傻了眼……

后来朱明安和于婉真才知道：他们二人上当了，在他们大笔吃进时，何总长正在抛，孙亚先、许建生这些人也在抛，朋友本是同林鸟，大难来时各自飞，再没有哪个傻瓜还相信什么友情信义——自然，更没人相信这股灾难的风潮还能被人为的力量遏止住。

只有一人没抛，且在十元的价位上倾其所有吃进了四千股——这人竟是白牡丹，这是朱明安和于婉真都再没想到的！

当夜，朱明安和于婉真失魂落魄回到家，白牡丹便打了电话来，先揭了何总长的底，后就在电话里哭了，说是自己又成穷光蛋了。

于婉真也想哭，可硬是咬着嘴唇忍住了，并劝白牡丹道："你还不是穷光蛋，咱……咱新远东今日总还……还没最后倒掉，咱的股票还值一元多呢！明……明日都抛了吧！"

白牡丹惨笑道："还抛得出去么？腾达日夜银行完了，咱和腾达日夜银行的关系人家又不是不知道，只怕明日一开市，股票就一钱不值了！你还看不出么？明日必是咱的末日！"

于婉真握着话筒的手颤抖了，再也说不出话来。

白牡丹要朱明安听电话。

朱明安木呆呆地接过话筒，一开口就大骂何总长和孙亚先他们。

白牡丹倒镇静了，说："明安，你别气，人家也不是存心害咱——人家是想逃命！咱要怪只能怪自己傻！你想想，还有谁会像咱这么傻的？"

朱明安讷讷道："还有……还有那个'西湖居士'王先生怕也是傻的……"

白牡丹在电话里疯笑起来："人家王先生才不傻呢！今日下午我找到了他，想让他吃进些股票，你猜怎么着？人家理都不理，还劝我快抛。人家的四万股早在邢楚之捣乱那夜就抛了，都是二十多块抛的！"

朱明安惊呆了：他再也想不到这个拖着小辫、满口"之乎者也"的老居士竟会这么精明，早在十多天前就嗅出了个中气味，就暗中把四万股全悄悄抛空了！人真是不可貌相的。

白牡丹说："我们都小看王居士了，人家是经过宣统二年兰格志橡皮风潮的，当年也赔过一千多两现银呢。我一见王先生，王先生就说了，他为今日这机会等了整整十年……"

朱明安对着话筒只是叹气。

白牡丹也叹气，边叹气边说："最傻的怕只有我了！王居士和我说得那么清，我也明明知道再吃进也没用，可还是吃进了，你知道这是为谁么？"

朱明安碍着于婉真在面前，握着话筒没作声。

白牡丹又叹了口气："我都是为你这没良心的！"

朱明安眼中聚上了泪，哽咽着说了句："我知道。"

白牡丹最后说："现在事已如此，都别说它了，你也不要急，还有就是，咋着都不能往绝路上想，好么？"

朱明安眼中的泪下来了，"嗯"了一声，挂上了电话。

不料，电话刚挂上，铃又响了，朱明安以为还是白牡丹，便没接。

于婉真接了。是交易所田先生挂来的。

田先生说："八太太，事情不好哩！新远东交易所门口聚满了人，都等着天明抛掉股票，秩序很乱，巡捕房已来了人，要找理事长说话。"

于婉真回道："你就说半夜三更找不到！"

放下话筒，于婉真见朱明安两眼发红，脸色难看，便强压着心中的哀愁，做出满脸笑容，偎依到朱明安怀里说："明安，咱们睡吧，天不早了……"

朱明安却搂着于婉真哭出了声，边哭边道："小姨，我……我害苦了你，害苦了你呀！你除了这座公馆，啥……啥都让我赔光了！"

于婉真用手背轻柔地揩去朱明安眼中的泪说："看你说的！这哪是你赔光的？是我自己赔光的嘛！交易所也……也是我要办的！再说，我现在不但有这座公馆，也还有了个你呀，我知足了！"

朱明安却听不进去，禁不住又去想难挨的明日。马上想到腾达日夜银行倒闭已成事实，新远东的款子成了烂账，便怕债权人会因着他和于婉真的关系拍卖这座公馆小楼，遂吓出了一身冷汗——公馆的小楼真保不住，他挚爱着的小姨就惨了！便推开于婉真，很有主张地道："小姨，新远东完了，你不能再留在这里，你得赶快走，到乡下老家避避风头！"

于婉真一时没明白过来，直愣愣地看着朱明安："为啥？"

朱明安把自己的忧虑说了，并道："明天这一日不好过，万一那些疯了的人闹到这里,你应付不了。"

于婉真这才知道朱明安是为她着想,心中感动着,一把吊住朱明安的脖子说:"那……那我更不能走了!你不说过么?只要我在身边,你就不慌。"

朱明安道:"小姨,你放心,你不在身边我也不会慌的,这一阵子我也经过点事了!"

于婉真苦苦一笑:"怎么着你在我眼里都还是小男孩——永远是小男孩,让你一人应付这么大的事,我不放心!"

朱明安"扑通"一声在于婉真面前跪下了:"小姨,就算我求你好么?你先回去住一阵子,风头一过,我就去接你……"

于婉真心头突然涌出一种慈母般的感情,一把把朱明安揽在怀里,抚摸着朱明安的脸膛说:"还是你走吧!小姨留在这里顶着,我一个女人家,谅他们也逼不死我!"又说,"你从日本回来也这么久了,竟还没回过家——老说回去,却总没回去,这回也该回去了,看看你妈!好好和她在一起呆几天。"

朱明安眼泪涌了出来,一滴滴落到于婉真的绣花拖鞋上:"小姨,过去我总听你的,你……你今日就不能听我一次么?"

于婉真轻轻摇起了头……

朱明安狠狠心,猛然把于婉真推倒,自己却爬了起来,厉声道:"你得走,说啥也得走!新远东的理事长是我!欠人多少烂账都得我来算,一切与你无关!你若不走,现在我……我就吊死在你面前!"

于婉真上前抱住朱明安的腿,啜泣着:"明安,小姨是……是放心不下你呀,你……你终还是……"

朱明安睁着血红的眼睛怒道:"又想说我是小男孩?是么?"

于婉真头一次惧怕起朱明安来,不敢作声了。

朱明安这才扶起于婉真说："小姨，这世界终还是男女有别的，我是男人，这种时候就得顶事，让你一个女人家留在这里收风，我日后还能见人么？你心里也会看不起我的！你不是老盼着我成个像模像样的男子汉么？"

于婉真噙着充盈的泪水点点头："明安，你……你真成了大男人了！"

朱明安问："那你答应走了？"

于婉真迟疑了一下，又点点头。

朱明安说："那好，咱们马上收拾东西……"

于婉真却不想马上就走，看看墙上的挂钟，见时针才指到三字上，便偎依在朱明安的怀里道："还早，小姨再陪你一会儿。"

朱明安心神不定地说："总还是早点走好，天一亮还不知是啥情形呢！"

然而，朱明安终是没拗过于婉真，于婉真倒在朱明安怀里，和朱明安摩鬓缠绵，一直拖到快四点钟，仍无一丝要走的意思。

朱明安又催。

于婉真这才在朱明安怀里抬起头来，大睁着泪眼问："明安，你……你就叫我这样走么？你……你不要我了？"

朱明安明白了，无限柔情地抱起于婉真，把于婉真放到床上……

不曾想，这离别前的温存却是最失败的一次，他越是想做好，越是做不好，最后趴在于婉真身上哭了，羞惭地说："小姨，我……我真窝囊……"

于婉真却说："只要能和你在一起多呆一会儿，我就挺满意了……"

一直到朦胧天亮，快六点钟的样子，于婉真才恋恋不舍地和朱明安在公馆大门口吻别了。

坐到洋车上，于婉真最后向朱明安交待道："明安，不论咋着，你都不能瞎想，钱财本就是身外之物，生不带来，死不带走的……"

朱明安说："我知道，你放心地走吧！我马上也要走了，到交易所去。"

洋车的车轮在又一次吻别后转动了，车轮转动时，朱明安看见，一片挂在闪亮车条上的梧桐树叶，在车轮上旋出了一圈灰黄的色彩。深黄色的车背后，于婉真娇小身躯上的红披风在飘，如同一面鼓荡的旗。

于婉真真走了，真被他坚决劝走了，这简直像梦！一瞬间，朱明安突然觉得失却了依靠，心中悔意顿生，禁不住一阵慌乱。他抬着几近麻木的腿脚，下意识追出大门，想喊洋车停住。可喉咙里像堵了什么东西，喊不出。在街面上追了几步，再想喊时，洋车已远去了，过了老巡捕房门口。上了赫德路。

洋车上的于婉真一直回首看看他，向他招手，他也向车上的于婉真招手。直到洋车在赫德路上拐了弯，再看不见了，他仍独自一人呆呆地立在路上。

十六

痴痴地回到客厅，电话铃响了，响得惊心动魄。朱明安走到电话机旁看着电话机，就像看一只即将爆炸的炸弹，想接，又不敢接。他知道，除了新远东所务主任田先生，没有谁会在早上六点多钟把电话打过来。

刘妈已起了床，正准备去煮咖啡，听到电话响，想过来接，可见朱明安正在电话机旁便不管了，还对朱明安说："少爷，电话都响破天了，你咋还不接呀？快接吧。"

朱明安这才拿起了话筒。

果然是田先生。

田先生在电话里叫："理事长，不得了了！外面的人把摩斯路半条街都挤满了，工部局和巡捕房的洋人说，再不开门，出了人命要让我们吃官司的，你看咋办？"

朱明安声音颤抖地问："你……你说呢？"

田先生说："理事长，你既要我说，我就得说实话哩，'新远东'完了，早开门早完，晚开门晚完，反正今日要完，我知道……"

朱明安还不死心："连一线希望都……都没有了么？"

田先生说："没希望了，昨夜我和会计师已暗中清理了一下新远东的财产，就算本所股还能保住一元二角的现价，放在腾达的款能提出，我们仍亏大约七十万。而你知道的，腾达日夜银行已完了，珍老下落不明，腾达的款我们一分拿不到。再者，新远东的本所股也保不住一元二角的现价，只怕第一盘开拍就会跌得一钱不值。"

朱明安惊恐地问："那……那我们会亏多少？"

田先生说："怕不下五百万吧！"

朱明安不太相信，又问了一遍："多……多少？"

田先生再次肯定地道："五百万左右！"

天哪，竟是这么大的窟窿！这就是说新远东已破产了，开门不开门都没意义了——只怕开门情况会更坏，本所股跌至一钱不值，他和新远东交易所的负债额就更大！

田先生怕他逃跑，又在电话里嚷："理事长，你可不能害我呀！

你得马上来，你要不来，我可负不了这天大的责任！"

朱明安这时虽是万念俱焚，却还没想到逃，双手攥着话筒想了半天，想出了一头汗，攥话筒的手也出了汗，才对田先生说："你先别急，也……也别提前开门，我马上就过去。"

田先生道："好，好，那你就快过来吧，其他的事我就不说了，见面我们再商量。"

放下话筒，朱明安马上想到何总长，觉得何总长咋着也得对新远东负一份责任，事情闹到这个地步，老东西想脱身开溜是不行的。

便把电话挂到何公馆。

接电话的是五太太，五太太说，何总长不在家，昨夜被某议员邀着去了北京，想为国会拟个南北统一约书草案。

朱明安一听就知道五太太在说谎，怒道："你莫骗我，昨夜他还和我通过电话的！"

五太太不急不躁地说："是呀，就是和你通完电话没多久，老东西便走了。那个议员硬拖他，且又是事先约好的，头等车的票也拿来了，不走不行。明安，你不要气，你想想，南北统一，多大的事呀，老头子这种忧国忧民的人，能推么？"

朱明安气得浑身发抖："那……那新远东他就不管了？"

五太太说："哪能不管呢？老头子临走时留下话了，要我转告你，第一，公告社会，以合乎情理之名义，使新远东本所股票交易停板三日，静观其变；第二，作为债权人参加胡全珍腾达日夜银行之财产清理拍卖，力争减少本所损失；第三，他不会袖手旁观，其余的事，待他回来总有办法。"

全是屁话！朱明安愤愤地放下了电话。

再挂电话到《华光报》报馆，找孙亚先，孙亚先仍无踪影。接电话的人说，孙亚先已和一个做实业的什么人一起逃了，还卷走了大发银行的二十余万现款，眼下正在抓，大发已送来公告，宣称，凡提供消息使其被抓获者，均赏银洋三千元。接电话的人大约想赚那三千的赏格，一劲问他：你是谁！是不是和孙亚先很熟？孙亚先欠不欠你的账？

朱明安一言不发，把电话压死了。

这才想到逃——既然何总长、孙亚先他们都逃了，他为什么不逃呢？他若是现在逃，没准还能在车站追上于婉真，赶上那班蓝钢快车。上了蓝钢快车，这场风潮就与他无关了，一切就算过去了。

这念头令他激动不已，心里想着要不动声色，脸上的神色却掩饰不住，脑门发凉，浑身直抖，腿也发软。跌跌撞撞先在楼下自己早先住过的房里找了两身要穿的衣服，又慌忙跑到楼上收拾其它要用的东西。

一切准备好了，下得楼来，正见着刘妈端着热腾腾的咖啡、鸡蛋过来。

刘妈诧异地问："少爷这是要到哪去？"

朱明安不耐烦地道："你少管！"

刘妈呆了一下，才叹口气说："不管咋着，也得吃饭呀！"

朱明安一夜没睡，早已饿了，点点头，在正对着一排落地大窗的沙发上坐下了，先喝了几口咖啡，又吃煎鸡蛋。

吃饭时，眼圈就红了，别情离绪禁不住涌上心头，想着自己十四岁第一回到公馆来，就是在这大客厅里见的小姨——小姨正在落地窗外的玫瑰丛中赏花，见了他，跨过开着的大窗，走到他面前，搂住他，把一阵玫瑰和法国香水混杂的香味送进他的鼻翼。东渡扶桑的起点也在这大客厅里，是一个夜晚，他死活不想走，到最后时刻了，还梦想小姨会改变主张。小姨却硬把他推走了，他哭，小姨也哭，还不敢让他看见。再就是这次他回来了——他又是在这里以一个男人的名义，向小姨求爱，而最终竟实现了，他因此而拥有了一生中最幸福的时光，梦也似的美妙的时光……

朱明安这才发现，这座小楼已成了他和于婉真生命的一部分，不管日后能否回来，又不管日后走到哪里，他和于婉真都永远不会忘记它的。

想到此，心中骤然一惊：他和于婉真今后再不回来了么？五百万的亏空已成事实，他现在再逃走，那些债权人会不会拍卖这座小楼？而真要拍卖这座小楼，于婉真就太惨了！

这座小楼对他朱明安来说，只是一个庞大的爱情信物，可对于婉真来说，还是她卖身给郑督军七年的代价——那是一掐就滴水的青春的代价呀！

走的决心竟动摇了，他咋着也得对得起于婉真，不能再把于婉真这最后的栖身之所都葬送掉！他是大男人，一人做事一人当，他非但不能走，从今天开始还就得住到交易所去，把自己和这座小楼的联系割断，就算——就算是吃官司蹲班房，抑或是被人家撕碎，他也不能再连累于婉真了……

然而，勇敢的念头最终还是熄灭了，吃过早饭，点了支雪茄只抽了两口，还是决定走——于婉真说过的，钱财都是身外之物，生不带来，死不带走，这小楼也一样，也是生不带来，死不带走的。再说，没准他走了反好，账都算到他头上，谁也想不到打这郑公馆的主意……

朱明安捻灭手上的雪茄，正要起身出门时，却不料，刘妈过来收拾碗碟，神色异样地看着朱明安，再次怯怯地问："少……少爷也要走么？"

朱明安点点头："实是没办法了，我和我小姨只好出去躲一躲，总……总还要回来的，你替我们守好门就是……"

刘妈又问："你们……你们这么一走，新远东交易所咋办呀？还有发出去的那么多股票……"

朱明安苦笑道："刘妈，你别问了，这事与你无关——新远东完了，股票也成废纸了……"

刘妈一惊，手中的碗碟跌落到地上，摔得粉碎，继而，捂着脸呜呜地哭出了声。

朱明安心里烦，没好气地道："哭什么丧呀？这是我和我小姨的事，又不是你的事……"

刘妈却抬起泪水满面的脸说："少爷，你……你说得轻松！这咋不是我的事呢？你哪里知道呀，我……我把这十来年积攒的二百三十块钱都……都拿出来买了你们新远东的股票，是……是二十三块一股买进的，一共十股……"

朱明安呆住了，愣愣地看着老实巴交的刘妈，不知该说什么才好。

刘妈又用衣袖抹着泪说："止园的赵妈，秦公馆的王姨娘，还……还有好些人也信了我的话，都……都买了新远东的股票，你……你今日这么一走，我们这帮买了你们股票的下人可咋办呀……"

朱明安更觉羞惭，心都颤了。他再没想到，新远东害得他和于婉真破了产，竟也害得这么多可怜的下人老妈子跟着遭殃。又想到自己十四岁到公馆来时，便是刘妈照应的，便从口袋里掏出二百三十块钱递给刘妈道："刘妈，这……这种炒股票的事哪是你们这种下人做的呀，钱你拿去，日后可别再这么干了！"

刘妈欣喜地接过了钱，却又问："少爷，你不是要走么？身上带的钱够不够？"

朱明安说："你别管我。"

刘妈哪能不管？想了想，还是把钱还给了朱明安："少爷，你先带着路上用吧！这一去，还……还不知啥时回来呢……"言毕，又噙着泪推朱明安快走。

不料，却晚了。

刘妈话刚落音，门铃响了，新远东交易所的一位所员带着巡捕房的两个洋巡捕找上了门，要朱明安立刻到交易所去，结束交易所门前的混乱局面。于是，朱明安的逃亡未及开始已告结束……

十七

新远东被围了一夜，摩斯路街面上人如潮涌，临街直通四楼交易市场的正门已进不去了，朱明安只好从大华公司的物品仓库，辗转到白大律师事务所，才上了电梯，到了新远东的写字间。

满头热汗的所务主任田先生如见救星，一把抓住朱明安的手说："理事长，你可来了，这就好了，你是负责之人，这里的事我就不管了！"

朱明安看了看田先生，苦笑道："逃吧，你们都逃吧！反正我是被推到屠案上去了，今日该挨多少刀算多少刀吧！"

田先生有些惭愧："理事长，我……我可没有逃的意思，事到这一步，你都不逃，我能逃么？我……我是说，你既来了，就你做主了，我……我不走，听你使唤就是！"

朱明安想了想道:"那好,新远东既已破产,我觉得早市已无再开的必要,这样,正式破产清算时在账面上我们总能少亏点。你马上安排人写文告贴出去,别提破产,只说内部清理,或者说本所理事开会,休市一日,然后便向租界有关当局做破产申报……"

田先生说:"这……这怕不行吧?你不看看下面摩斯路上有多少人!这些人在大冷天里等了一夜,还一直闹,咱不开市,他们还不砸进来?!只怕要出人命呢!"

朱明安不作声,街上的情形他在大华公司门口就看到了,现在听田先生一说,又默默走到窗前看。

田先生说得不错,楼下摩斯路的街面上四处都是人,吵闹声、叫喊声、咒骂声,夹杂在一起,构成了一片漫天海地的喧嚣。许多人手中紧紧攥着新远东的股票,在人丛中挥臂举动着,拼力往街面的门前挤。门前的情形看不清,可有什么铁器砸门的声音隐隐传来,却是听得到的……

朱明安不禁想起了刘妈,觉得摩斯路上的这些人中必有许许多多的刘妈,心中既恐惧又酸楚。

站在朱明安身边的田先生又说:"不开市肯定不行,你听听,他们已在砸楼下的大门了,一旦冲上楼,那就糟了,楼上两边都是木门,更挡不住。"

朱明安从窗前转过身子,呆呆地说:"那就开门吧!反正我是死猪不怕开水烫了……"

九时十分,新远东交易所被迫开市,人们一下子涌入交易大厅,占满了大厅的每一寸空间。拍板台下的围栏被挤倒了,后来,竟有不少不堪拥挤之苦的人爬到了拍板台上。整个开拍过程中,至少有十数人被挤伤。

新远东股票以每股一元二角开盘,开盘之后只有雷鸣般的卖出声,无一人买进,便直往下跌,直到跌至每股三角,才有大胆的冒险者小心地试着吃进了些。

朱明安心中又升起了一线悬丝也似的希望,紧张地想了想,让田先生把最后五万多资金投入,以三角的股价,吃进新远东。田先生力主不吃,说是新远东已成烂股死市,这五万投下就等于扔进了水里。朱明安不听,如同吃了死人的疯犬,红着眼睛大吼:"这是最后的机会!就是死市我也要赌一下!"

五万投入,几乎对股价毫无影响,新远东仍在跌,中午收市前已跌至一角,且再也无人吃进一股,交易停止。手持股票未能抛出的人愤怒咒骂,几个因此破产的男女当场昏了过去,被场务抬着送进了街对面的教会医院。

秩序顿时大乱,就仿佛无形之中点着了炸药包,交易市场里先是一片号啕大哭声,后就有人不顾场务员的阻止,蜂拥着冲砸拍板台,还扑进了朱明安所在的写字间,抢掠一切能抓到手的东西。

朱明安慌了神,刚想到给巡捕房打电话,电话竟也被一个穿灰棉袍的汉子扯断了电线抱走。一个哭成了泪人的太太把鼻涕眼泪往他身上甩着,非要他买下她手上的一大把股票。还指着朱明安的额头骂:"你们这些砍头鬼,咋这样杀人呀!我二十六块买的股票现在怎么只值一角钱了?!"朱明安靠墙立着不敢答话,也不敢动。

田先生的情况也不妙,他是所务主任,认识他的人多,抓他打他的人便多,交易厅里的人一冲进来,第一个就瞄上了他,当时就有人揪住他的衣领,抓他的脸,把他身上的衣服也扯破了。田先生被打急了,指着朱明安叫:"新远东的理事长是那个姓朱的,有……有什么话你们找他说!"

屋里人转而都向朱明安扑过来。

朱明安怕极了,还想向后退,可身已靠墙,再无退处,便慌张地叫道:"你……你们不要闹,一……一切皆可依法公断……"

那些疯了的人们哪里会听?硬是扑上来,对他又撕又打,还把那只白牡丹送他的镀金怀表抢去了。朱明安没看清谁抢了他的表,只看到一只手——是女人的白手,在他胸前一晃,怀表便消失了。

朱明安又叫:"你……你们这样是犯法的……"

这更激怒了众人,许多挥动的拳头砸了过来,同时砸过来的还有一声声绝望的叫骂:

"你开这骗人的交易所就不犯法?!"

"犯法也打死这小赤佬!我们反正是不想活了!"

"打!打!打死这些吃人不吐骨头的东西!"

……

朱明安站不住了,软软地顺墙蹲了下来,两手抱着头,听任拳脚往自己身上落。开始还觉得痛,后来就麻木了,额头、手背流了血都不知道,两眼紧闭着,如同一具僵尸。思维在那一瞬间也停止了,什么恐惧、忧虑,什么死呀活的,全不存在了,脑子里竟是一片空白。

后来,小姨于婉真从那空白的深处翩然飘来,向他招手,向他笑。他号啕叫着,躲开众人的追打,扑向他的救星。小姨却被一阵风吹走了,红披风在风中飘。他死命追,抓住了小姨身上的一个东西——竟是那东西,长长一条,一面是薄薄的红胶皮,一面是绿绸布。他正庆幸时,突然不知咋的,一股污秽的血腥味袭来,那东西一下子套到了他脖子上,勒得他再也透不过气来。他眼前一黑,啥也不知道了……

醒来时才发现，一个满脸络腮胡子的中年大汉已把他西装的领带拉到了身后，正用一支左轮手枪顶着他的后腰。面前还站着七八个男人，好像也有枪，只是没拿出来，朱明安看见他们插在衣袋和怀里的手都攥着什么硬东西。

交易大厅里仍是一片喧嚣，写字间却没多少人了。

朱明安挣扎着站了起来，又靠墙立定了，想问那些人是干什么的？

然而，尚未等朱明安开口，为首的一个礼帽已阴阴地走了过来说："还没死掉呀？这就好，没死掉就得还账。我们是镇国军司令部的，今日奉我们刘督军的命令来取那八十二万军费了！"

朱明安这才明白，面前这些人是穿了便衣混入租界讨账的镇国军，遂咽着流到嘴边的血水，张了张口，费力地道："长……长官这就弄错了，我们新远东欠……欠账不错，却……却不欠镇国军的。"

络腮胡子抓紧领带，又要从身后勒朱明安的脖子，礼帽挥手制止了，对朱明安说："邢楚之你可认识呀？啊？这个人在没在你这儿用军费做股票呀？啊？我们的文告登在《华光报》上你看没看到呀？"

朱明安痴痴地道："邢副官长的事，你……你们得找邢副官长和胡全珍，那……那八十二万在胡全珍日夜银行账上……"

礼帽说："这我知道，日夜银行的账我们看过了，上面还有三十一万，我们督军要你还的是剩下的那五十一万！我们不会不讲道理的！"

朱明安疯笑起来："你……你们还讲道理？邢楚之自己把股票做砸了，你们却找我们要账，这……这是哪国的道理？这里是租界，我们可以到工部局请会审官公断……"

礼帽哼了一声："老子哪也不去，就找你们新远东要这五十一万！"

朱明安又笑，笑出了泪："长官，这里的情形你都看到了，新远东已经破产了，就算……就算我愿给你这笔钱，也……也是拿不出的……"

礼帽说："你拿得出。你不是还有座公馆楼么？我们刘督军说，真拿不出现钱，就用楼抵了！刘督军看中这楼了——当年郑督军要养小老婆，眼下我们刘督军也要养小老婆的！"

朱明安怔了一下，突然疯了似的失声叫道："不！不！那楼不是我的，是我小姨的！她和这事无关！"

礼帽不管朱明安如何叫喊，仍不动声色地把一纸文书从怀里取出了，拍放在桌上说："别给老子们来这一套了，我们啥都问清了，胡全珍一进我们的办事处就招供了：你小姨于婉真也是有股份的，还是新远东的起办人之一，对不对？她和你又在一个床上睡觉，对不对？夫债妻还是不是理所当然？识相点，签字画押吧！"

朱明安只觉得天昏地暗，眼前一下子旋起无数金星，脚底下像有双力大无穷的手在拖他的身体，禁不住又顺墙瘫到地板上……

一切都完了，他最不愿看到的情形看到了，最害怕出现的事出现了，他实在是小姨的灾星，他和小姨的这段孽情，把小姨未来的余生全毁了！今日这字只要签了，他就是活下去也无脸再见自己挚爱的小姨了。

这才注意到面前的大窗是打开着的，不知是先前冲进来的人打开的，还是这帮兵匪打开的，反正是打开的。他坐在地上，从打开的窗子看到了一片湛蓝的天空，空中有缕缕炊烟般轻淡的云丝在诱人地飘……

见朱明安坐在地板上发呆，礼帽向身边的两个汉子努努嘴，两个汉子过去架起了朱明安，把朱明安往放着文书的桌前拖。拖至桌前，礼帽开始念那"自愿"以楼抵债的文书，只念了几句，朱明安便把文书夺了过来，强打精神自己看。看罢，又拿着文书走到窗前，说是要想想。

也是天赐良机，就在朱明安走到窗前时，聚在交易厅里的人又从两边的门往屋里挤，礼帽等人都到门口去阻挡，一时谁也没顾上注意朱明安，朱明安便趁机爬上了窗台。

礼帽发现后，惊叫道："别……别跳下去，楼……楼的事我们再商量！"

朱明安把文书撕成了碎片，雪花般扔下去，狂笑着叫道："没啥好商量的！我告诉你们：于婉真是我小姨，不是我老婆，没有夫债妻还这一说！楼你……你们夺不走！真要讨那五十一万，你们就到阴曹地府找我吧！"

礼帽等人忙往窗前扑。

已来不及了，朱明安仰天大笑着，纵身一跃，跳下了四楼的窗台，跌落在满是人群的摩斯路上……

十八

摩斯路上一片混乱，交通几近断绝。许多挤不进交易大厅的人都涌在街面上，三五成群地围在一起，为新远东，更为自己的命运嗡嗡议论着。不论是说的还是听的，全都满脸愁云。

头上的天却出奇的晴好，丽日高悬，阳光灿烂，天空像被水洗过似的，一片明净。可终是冬日了，虽是无风无雨的好天气，仍是很冷的，有钱的老爷、太太们被裘衣棉袍包裹着，一个个变得臃肿起来；短装布衣者也大都缩着脖子袖着手……

白牡丹也穿着件软缎丝棉小红袄，围着白围巾站在摩斯路上，注视着事态的发展。不同的是，她的心境和街上的人不一样，她不仅仅是来捕寻这最后的机会，更是放心不下朱明安。昨夜虽说挂了电话，和朱明安谈过了，仍是忧心忡忡，怕朱明安会出事，才赶来了。赶来后，交易大厅进不去，就一直立在街上向四楼写字间的窗口看。

朱明安的身影出现在窗口时，白牡丹吓白了脸。那当儿，朱明安还是背对着窗外的，可白牡丹一下子就认出了朱明安——朱明安的身影她是熟悉的，身上穿着的那套米色西装她更熟悉。

白牡丹只一愣，便带着哭腔大声对朱明安喊："明安，别……别这样！"

街面上已是一片惊呼声，她的叫喊被淹没在人们的惊呼声中，显得那么弱小。站在窗台上的朱明安显然没听到她的喊声，也没看到她，一边向写字间房里叫着什么，一边转过了身子。

这时，白牡丹还不知道写字间里发生的事，以为朱明安只要看到自己，或许会打消这轻生的念头，又推开面前挡着她的人，哭着往窗下跑，边跑边叫："明安！明安！你千万别……别这样做……"

然而，未待她跑到窗下，一团黄光闪过，朱明安已跳下了楼。

白牡丹眼前一黑，觉得整个摩斯路都为之震颤了，在那震颤中，她腿脚软了，身不由己地要往地上倒……

一个穿裘衣的年轻太太扶住了她。

她偎依着那个年轻太太，站了一会儿，透过泪眼看到，聚在街面上的人正往朱明安跌下的地方涌，便定了定神，离开了那年轻太太，跟了过去。

撞入眼帘的情形令白牡丹极为震惊，到这地步了，一些绝望的人们仍不放过朱明安。如同一群饿疯了的狼，对朱明安进行最后的索取。他们有的在扒朱明安身上沾着鲜血的西装上衣，有的在拽朱明安已跌破的西装裤子；毛衣、领带、皮鞋自然也被快手们麻利地扒走了——就连贴身穿的衬衣也被扒干净了。

白牡丹挂着满面泪水，推搡着面前阻挡她的人，嘶声大叫道："快住手！你们还……还是不是人呀？他……他都跳楼了，你……你们还这么对他……"

没人理睬她的哭叫，这时刻，人们已丧失了理智。

白牡丹只得不顾一切地往人丛中挤，好不容易拨开人群挤到朱明安面前时，朱明安身上的衣物已被扒光了，上身赤裸着，可还没最后咽气，嘴唇和眼皮还在动。

白牡丹扑倒在冰冷的地上，托起朱明安满是鲜血的脑袋，眼泪汪汪地抬头，看着众人说："他……他还没死，求你们帮个忙，把……把他送到医院……"

一个满脸横肉的中年太太"哼"了一声问："你是他的什么人？"

白牡丹说："我……我是他的朋友，求……求你们了……"

中年太太手里提着朱明安的白皮鞋，把白皮鞋在白牡丹脸前一晃，又问："你能替他买回我的股票么？"

白牡丹近乎绝望地讷讷着："先……先要救人……"

另一个绅者模样的老者认出了她："你不是大舞台的白牡丹么？"

白牡丹点点头，把一脸泪水洒到了朱明安身上。

老者叹了口气道:"好吧,今日冲着你白小姐,我去医院叫人!"

老者走了,白牡丹才抚着朱明安的脸腔,哽咽着说:"明安,你这没良心的东西,竟……竟真走到了这一步!"

朱明安糊满血水的脸腔抽颤着,艰难地对她笑,手还试着想往她面前伸,口中喃喃地叫着她:"白……白小姐……白小姐……"

白牡丹一面寸肠万断地连连应着,一面脱下自己的软缎小红袄,想给朱明安穿上——这么冷的天,她怕朱明安会在医院来人前冻死。

她的袄却太小,朱明安根本没法穿。她只好把它盖到了朱明安赤裸的身上。

然而,袄刚盖好,朱明安竟死了,至死两只英俊的眼睛还大睁着,愣愣地看着白牡丹和白牡丹身边这个不可理喻的疯狂世界……

这不可理喻的世界真是疯了——

朱明安刚咽气,楼上交易市场的窗口,又有一个穿蓝棉袍拖小辫的男人跳将下来,"轰然"一声落在距白牡丹和朱明安的尸体不到十步开外的地方,当场殒命。又有几个人扑上去扒那男人的蓝棉袍,偏巧,警笛响了,一伙食尸动物才拔腿逃跑。

警笛越响越凶,转眼间便在摩斯路上响成一片。伴着警笛的,还有英国巡捕、印度巡捕"咔咔"的脚步声和叽里呱啦的叫喊声。街面上的人知道西洋鬼子要抓人了,开始四处逃散。

白牡丹没跑,紧紧抱住朱明安的尸身,像是抱着那个永难释怀的中午。那个中午,这个小男孩一般可爱的男人曾真实地属于她,现在又属于她了,依然那么真实。一时间,精神恍惚起来,且于恍惚之中见到,刚才那个满脸横肉的中年太太被一个英国巡捕抓住了,被抓住时手上还提着朱明安的白皮鞋……

十九

节令已是残冬,到处都是凄冷的,公馆里空荡荡冷清清的,大街上也是空荡荡冷清清的。

租界内外的路上,四处堆着脏兮兮的积雪,满地流着稀粥样的冰水,街面上少有行人车辆。许多公司店铺都歇了业,开着门的大都是拍卖行,也难得有人光顾,正所谓门可罗雀。西洋电车公司的电车虽还在照常跑,来去的车内却几乎都是空的。于婉真便觉得怪:这当初涌满世界的人哪去了?难不成都被年前的那场风潮卷走了么?!

坐在洋车上,沿摩斯路一路望过去,已看不到什么交易所的招牌名号了,那曾喧嚣一时的投机狂潮如旋风一般呼啸着荡过来,又呼啸着远去了,留在摩斯路上的除了遍地哀鸿,便是侥幸逃生者的恶梦余悸……

当然,也有少数人——如何总长、王居士之类的大玩家,趁此旋风直上青云,且又平安落地了。可是,他们玩赢了这一次,也能玩赢下一次么?他们就没有跳楼的一天么?

她真傻,竟把何总长这种奸滑的大玩家和胡全珍、邢楚之这类害人精,都当作了自己和朱明安的靠山,以至于搞得新远东破产,害得朱明安从交易所的四楼跳下来,在这摩斯路上送了命……

朱明安的笑脸在摩斯路两旁的店面景状中显现出来,一忽儿飘到这里,一忽儿飘到那里,有一瞬间好似就在她身边。身下的洋车似乎也变作镇国军办事处的汽车,正鸣着喇叭在繁华热闹的街上跑。满世界都是朱明安的声音,高一声低一声叫着小姨,从奶声奶气的十四岁叫到那夜的生离死别。现在仍在叫,声调甜甜的,却又哀哀的,于这残冬的萧瑟中衍演着他们永无了结的深情孽恋……

泪水渐渐聚满眼眶,于婉真的视线模糊起来,再不忍看摩斯路街两边眼熟的景致,只把一双忧伤的眼睛紧盯着老车夫弯驼的脊背——回来已快一个月了,她一直想再到新远东门前看看,可总也不敢;今日以为自己的心已静下来了,却仍是没有静,真没办法。

实是忍受不住,便叫车夫掉转车往回走。

回去的路上注意到:摩斯路东边一家原本叫做"聚福禄"的小拍卖行改了新名号,唤作"知足庐"了。新招牌悬于门额,似乎还散发着新鲜的油漆味。于婉真心中一震,觉得这名改得好:福禄难聚,知足常乐,她若是早悟出这一点,哪会有今日!没准这刻儿正和朱明安相拥着依在床上嬉戏笑闹,或是坐在壁炉前烤着火吃茶聊天呢!

身下,洋车的车轮转动着,"知足庐"从不远的前面,一步步移到身旁,又从身旁渐渐过去了,移到了身后。"知足庐"过去了好远,于婉真还从车上扭过头,冲着四壁挂满衣物杂品的店堂看。

突然间,于婉真发现了什么,眼睛一亮,在洋车上欠起身子,拍着车夫的背,连声叫道:"停下,快停下!"

车夫停了车,于婉真从车上下来了,两眼紧盯着挂在"知足庐"店堂门口的一套米色西装,痴呆呆地一步步向店堂走。

那套米色西装在店堂大门的一侧迎风摆动,长袖飞舞,裤腿抖动,就像一个吊在门梁上的活人挣扎着想跳下来。

于婉真认定那挣扎着想跳下来的人是朱明安,心中凄楚难忍,强睁着大眼睛,不让眼眶里的泪落下来。到得店堂门口,并不说话,只用手指了指西装,示意正在门口打瞌睡的小伙计把它拿下来。

打盹的小伙计抹了把嘴上流出的口水，看看于婉真，似乎不相信面前这位坐洋车的漂亮太太会买这没人要的旧西装，便说："太太，你要真想买西装，里面还有好些的……"

于婉真不作声，抖颤的手固执地指着那套米色西装。

小伙计只好把西装取下，递到于婉真面前说："太太，你可看好了，别买回去又后悔。不瞒你说，这料子倒是好料子，地道的法国货。只是这上衣有香烟烧的洞，裤子上还有跌破的洞，当然，都补好了……"

于婉真撩开上衣，看到左襟上刘妈补过的不太显眼的香烟洞，心里已知道，这身西装必是朱明安的了，遂将西装紧紧抱在怀里问："多少钱？"

小伙计说："两块二。"

于婉真给了小伙计三块钱，小伙计到店堂里去找零钱，于婉真却转身走了。

小伙计追到门外喊："太太，我还没找你钱呢！"

于婉真头也不回地说："不……不要了……"

抱着西装重坐到洋车上，于婉真眼中的泪这才骤然滚落下来……

回到家已是中午，刘妈正等着于婉真回来吃饭。

吃饭时，刘妈对于婉真说："八太太，今日上午，何总长打了三次电话过来，又派人给你送了五百块钱……"

于婉真像没听见，只盯着饭碗发呆。

刘妈又小心地说："何总长还要你回电话……"

于婉真这才点了下头，从牙缝里迸出三个字："知道了。"

吃过饭，于婉真没给何总长打电话，倒是何总长又把电话打过来了。

何总长在电话里说:"婉真哪,还生我的气呀?我不是和你讲过了么?我当时去了北京,就怕明安出事,才给明安留了几个主张。没想到明安竟不听我的,竟走到了这绝路上……"

于婉真握着话筒不作声。

何总长又说:"婉真哪,你是不是在听呀?我告诉你,刘督军夺不走你的公馆。只要干爹我在总有办法——昨日我见了北京来的徐次长,就是徐眼镜呀!郑督军没死时,他到你们公馆去过的。不知你还记得么?我把这事给徐次长说了,你猜徐次长咋说?徐次长说……"

于婉真干脆把话筒放下了。

何总长还在说,声音也越来越大:"……徐次长对你有意思呢!说是自那回见过你,就再也没忘,要我请你吃饭,再打几圈牌。我呢,既是你的干爹,就把这事应了。婉真哪,这徐次长和我这下野总长可不一样,人家现在在任上,又是吴子玉的人,权力大着呢!"

于婉真这才明白,何总长又是送钱,又是打电话,原不是出于亏心内疚,却是在打她的主意。一气之下,把电话挂死了,继而,便是一场痛快淋漓的号啕大哭……

黄昏时分,白牡丹来了,给于婉真送戏票——晚上白牡丹要在大舞台为一个正被绅耆名流捧着的姐妹助演《劫后余花》,请于婉真到戏园里散散心。

于婉真应了,还留白牡丹在家里喝咖啡。

二人面对面坐在楼下客厅沙发上,端着咖啡杯,心都沉沉的,谁都不知说什么好。后来,还是白牡丹长长叹了口气,先开了腔,问于婉真看没看今日的报纸?

于婉真摇摇头。

白牡丹凄然笑着说:"那我告诉你:邢楚之也未得好报,已被刘督军抓获,昨日判了死刑,不是枪毙,是绞死的……"

于婉真讷讷说了句:"老天终算还有眼。"

白牡丹又说:"明安的那两个朋友,就是孙亚先和许建生,又做革命党去了,眼下都在广州……"

于婉真问:"也是报上说的?"

白牡丹道:"不是,是听别人说的。"

接下来又无话了,空旷的大客厅里静静的,从窗缝里钻进的风不时地撩起窗帘,把一阵阵寒意送进来。壁炉里是生着火的,可两个女人仍禁不住感到冷。白牡丹受不住,便从衣帽钩上拿大衣来披,无意中看到,衣帽钩上竟挂着朱明安的米色西装,不由一惊。

重坐到沙发上,白牡丹想问于婉真西装是从哪找回来的,却没敢,只叹道:"我这人呀,大概天生是做戏子的命了,恐怕到死都是台下那些看客的玩物呢。"

于婉真说:"别这样想,真心诚意的好男人,终还有……"

白牡丹不无哀怨地看了于婉真一眼:"可你碰到过,我没碰到过,有人真心待过你,却没人真心待我——就是……就是明安都从没真心待过我……"

于婉真一把搂住白牡丹的肩头说:"别说了,怪我不好……"

白牡丹一怔,俯在于婉真肩头上抽泣道:"不……不怪你,倒是怪我……我开初并不知道你和明安会恋上,还……还恋得这么深!"

于婉真咬着嘴唇,先是默无声息地流泪,后就紧紧拥着白牡丹呜呜哭出了声。

白牡丹也放声哭了起来,哭了好一会儿,才抬起头,用手背揩去脸上的泪，做出僵硬的笑脸说："——婉真，咱……咱们真是的，老说这些过去的事干啥？都别说了吧！说了伤心！"

于婉真噙着泪点点头："是哩，不说也罢！"

这时，电话又响了，依然是何总长打来的，依然是谈徐次长。于婉真挂着满脸泪水，尽量用平和的语调对何总长说，她会去见徐次长，要何总长亲自来接。

白牡丹很惊诧，问于婉真咋还和何总长啰嗦？是不是日后也想跳楼？

于婉真冲着白牡丹凄然一笑，没答话。

白牡丹还想问，立在电话机旁的于婉真已默默转过身子，对着客厅里的大穿衣镜，梳起了头。

梳着头，看着穿衣镜里映着的自己娇好俏丽的面容和身影，于婉真心里想：一切终是过去了，朱明安已不可复生，她不能总陷在哀伤里，她得好好活下去，还得和何总长、徐次长并不知啥时还要遇到的花花绿绿的东西们周旋下去。她还年轻漂亮，穿衣镜里映得真切哩！只要假以时日，除却脸上的哀痛，她的姿色风韵想必会不亚当年的。她要笑眯眯地和这帮男人，也和这个疯狂的世界周旋到底，周旋到死。她就不信自己总是输家，石头也还有翻身的时候呢，何况人了……

作于 1995 年 10 月
2017 年 8 月修订

国 殇

上篇

一

山头上那片摇曳着枯叶的丛林被炮火摧毁了,一派萧瑟的暗黄伴着枯叶灰烬,伴着丝丝缕缕青烟,升上天空,化作了激战后的宁静和安谧。残存的树干、树枝在醒目的焦黑中胡乱倒着,丛林中的暗堡等工事变成了一片片凄然的废墟,废墟上横七竖八铺满了阵亡者的尸体。太阳旗在山头上飘,占领了山头的日本兵像蚂蚁一样四处蠕动着。深秋的夕阳在遥远的天边悬着,小山罩上了一层斑驳的金黄。

杨梦征军长站在九丈崖城防工事的暗堡里,

手持望远镜，对着小山看。从瞭望孔射进的阳光，斜洒在他肩头和脊背上，灿然一片。他没注意，背负着阳光换了个角度，把望远镜的焦距调了调，目光转向了正对着九丈崖工事的山腰上。

一些头戴钢盔的日本兵在挖掘掩体，天已经挺凉了，许多日本兵却赤裸着上身。小钢炮支了起来，一个个炮口指着九丈崖正面，炮位上几乎没有什么遮饰物。日军的骄横是显而易见的，他们似乎料定据守九丈崖的中国军队已无发动反攻的能力。一个赤身裸体，只包着块兜裆布的家伙居然站在一块凸起的石头上，对着杨梦征军长望远镜的镜头撒尿。他脚下，一片干枯的灌木丛正在燃烧，时浓时淡的白烟袅袅腾起。火不知是占领了山头的日军放的，还是炮火打着的，不大，且因着夕阳光线的照射，看得不太真切。火焰舔过的地方是看得清的，一块块焦黑，恍如受伤躯体上刚结出的血痂。

杨梦征军长脚蹬着弹药箱，默默地瞭望，高大的身躯微微前倾，脑袋几乎触到了瞭望孔布满尘土的石台。

暗堡挺大，像个宽敞的客厅，原是石炮台改造的。堡顶，一根挨一根横着许多粗大的圆木，圆木和圆木之间，扒着大扒钉。这是新二十二军三一二师的前沿指挥所。眼下，聚在这个指挥所里的，除了军长杨梦征，还有三一二师师长白云森和东线战斗部队的几个旅、团长官。军长巡视时带来的军部参谋处、副官处的七八个校级随从军官也拥在军长身边，暗堡变得拥挤不堪。

白云森师长和三一二师的几个旅、团长在默默抽烟，参谋处的军官们有的用望远镜观察对面失守的山头，有的在摊开的作战地图上作记号，划圈圈。

外面响着冷枪，闹不清是什么人打的。枪声离暗堡不远，大概是从这边阵地上发出的。零星的枪声，加剧了暗堡中令人心悸的沉郁。

过了好长时间，杨梦征把穿着黑布鞋的脚抬离了弹药箱，放到地上，然后转过了身子。军长的脸色很难看，像刚刚挨了一枪，两只卧在长眉毛下的浑眼珠阴沉沉的，发黑的牙齿咬着嘴唇。铺在军长肩头和脊背上的阳光移到了胸前，阳光中，许多尘埃无声地乱飞乱撞。

杨梦征把手中的望远镜递给了身边的一位高个子参谋：

"怎么啦？我们脚下的城防工事还没丢嘛！都哭丧着脸干啥！"

四八八旅旅长郭士文大胆地向杨梦征面前迈了一步，声音沙哑地道：

"军长，兄弟该死！兄弟丢了馒头丘！"

杨梦征几乎是很和蔼地看了郭士文旅长一眼，手插到了腰间的皮带上：

"唔，是你把这个焦馒头给我捧丢了？"

"只怕这个焦馒头要噎死我们了！"

军长身边的那位高个子参谋接了一句。

郭士文听出了那参谋的话外之音，布满烟尘污垢的狭长脸孔变了些颜色，他怯怯地看了杨梦征一眼，慌忙垂下脑袋。郭士文扣在脑袋上的军帽揭开了一个口子，不知是被弹片划开的，还是被什么东西挂破的，一缕短而硬的黑发露了出来。

"军长，兄弟的四八八旅没孬种！守馒头丘的一〇九七团全打光了，接防馒头丘时，一〇九七团只有四百多人，并……并没有……"

站在瞭望孔前抽烟的白云森师长掐灭烟头，迎着阳光和尘埃走到郭士文面前：

"各团还不都一样？四八七旅一〇九五团连三百人都不到，也没丢掉阵地！"

杨梦征挥了挥手，示意白云森不要再说了。

白云森没理会，声调反而提高了：

"郭士文，你丢了馒头丘，这里就要正面受敌，如此简单的常识都不知道吗？你怎么敢擅自下令让一〇九八团撤下来？你不知道咱们军长的脾气吗？"

军长的脾气，暗堡中的这些下属军官们都知道，军长为了保存实力，可以抗命他的上峰，而军长属下的官兵们，是绝对不能违抗军长的命令的。在新二十二军，杨梦征军长的命令高于一切。从军长一走进这个暗堡，东线的旅、团长们，都认定四八八旅的郭士文完了。早年军长还是旅长时，和张大帅的人争一个小火车站，守车站的营长擅自撤退，被杨梦征当着全旅官兵的面毙了。民国十九年，军长升了师长，跟冯焕章打蒋委员长，一个旅长小腿肚子钻了个窟窿，就借口撒丫子，也被杨梦征处决了。

郭士文这一回怕也难逃噩运。

军长盯着郭士文看了好一会儿，慢慢向他跟前走了几步，摆脱了贴在胸前的阳光和尘埃，拖着浓重的鼻音问：

"白师长讲的后果你想过没有？"

"想……想过。"

"那为啥还下这种命令？你是准备提着脑袋来见我喽？"

"是……是的！"

杨梦征一怔，似乎有点不相信自己的耳朵。

"你再说一遍？"

"卑职有罪，任军长处裁。"

暗堡里的空气怪紧张的。

杨梦征举起手,猛劈下去。

"押起来!"

两个军部手枪营的卫兵上前扭住了郭士文。

郭士文脸对着军长,想说什么,又没说。

白云森师长却说话了:

"军长,郭旅长擅自下令弃守馒头丘,罪不容赦。不过,据我所知,郭旅长的一〇九七团确是打光了,撤下来的只是个空番号。军长,看在一〇九七团四百多号殉国弟兄的分上,就饶了郭旅长这一回,让他戴罪立功吧!"

杨梦征捏着宽下巴,默不作声,好像根本没听到白云森的恳求。

白云森看了郭士文一眼:

"咋还不向军长报告清楚!"

郭士文挟在两个卫兵当中,脖子一扭:

"我……我都说清了!"

"说清个屁!明知馒头丘要失守了,为啥不派兵增援!"

郭士文眼里滚出了泪,掩在蓬乱胡须下的面部肌肉颤动着:

"师长,你不知道我手头有多少兵么?!一〇九七团打光了,我再把一〇九八团填进去,这九丈崖谁守?!再说,一〇九八团填进去,馒头丘还是要丢!为了给四八八旅留个种,我郭士文准备好了挨枪毙!我不能把四八八旅最后三百多号人再赶到馒头丘上去送死!要死,死我一个好了。"

白云森别过脸去,不说话了。

杨梦征被震动了,愣愣地盯着郭士文看了半天,来回踱了几步,挥挥手,示意手枪营的卫兵把郭士文放开。他像什么事也没发生过似的,走到郭士文面前,手搭到郭士文的肩头上:

"馒头丘弃守时，伤员撤下来了吗？"

"全……全撤下来了！兄弟亲自带人上去抢下来的，连重伤员也……也没落下，共计四十八个，眼……眼下都转进城……城里了。"

军长点点头：

"好！咱们新二十二军没有不顾伤兵自己逃命的孬种习惯。这么难，你还把四十多个伤兵抢下来了，我这个做军长的谢你了！"

杨梦征后退两步，脱下帽子，举着花白的脑袋，向郭士文鞠了个躬。

郭士文先是一怔，继而，扑通跪下了：

"军长——杨大哥，你毙了我吧！"

军长戴上帽子，伸手将郭士文拉了起来：

"先记在账上吧！若是这九丈崖还打不好，我再和你算账！就依着你们师长话，给你个戴罪立功的机会！"

"谢军长！"

杨梦征苦苦一笑：

"好了，别说废话了，那只焦馒头让他妈的日本人搂着吧，咱们现在要按牢实脚下的九丈崖，甭让它再滑跑了！"

暗堡里的人们这才松了口气。

军长看着铺在大桌上的军用地图：

"白师长，谈谈你们东线的情况。"

白云森走到军长身边，身子探到了地图上，手在地图上指点着：

"军长，以九丈崖为中心，我东线阵地连绵十七里，石角头、小季山几个制高点还在我们手里，喏，这里！这里！我三一二师现有作战兵员一千八百余，实则不到一个整编旅。而东线攻城之敌三倍于我。他们炮火猛烈，还有飞机助战，如东线之敌全面进攻，除石角头、小季山可据险扼守外，防线可能出现缺口。石角头左翼是四八八旅，喏，就是咱们脚下的九丈崖，这里兵力薄弱，极有可能被日军突破。而日军只要突破此地，即可长驱直入，拿下我们身后的陵城。"

杨梦征用铅笔敲打着地图：

"能不能从别的地方抽点兵力加强九丈崖的防御？"

白云森摇头：

"抽不出来！小季山右翼也危险，一〇九四团只有五百多人。"

杨梦征默然了，眉头皱成了结，半晌，才咬着青紫的嘴唇，离开了地图。

"郭旅长！"

"到！"

杨梦征用穿着布鞋的脚板顿了顿地：

"这里能守五天么？"

郭士文咽了口吐沫，喉结动了一下，没言语。

"问你话呢！九丈崖能不能守五天？"

"我……我不敢保证。"

"四天呢？"

郭士文还是摇头。

"我……我只有三百多号人。"

"三天呢？"

郭士文几乎要哭了。

"杨……杨大哥，您我兄弟一场，我……我又违抗了军令，你……你还是毙了我吧！"

杨梦征火了，抬手对着郭士文就是一个耳光。

耳光激愤有力，颤响灌满了暗堡，几乎压住了外面零零星星的枪声。

众人又一次被军长的狂怒惊住了。

军长今天显然是急红眼了，在近三十年的军旅生涯中，他大概从未像此时此刻在这个暗堡里这么焦虑，这么绝望。从徐州、武汉到豫南，几场会战打下来，一万五千多人的一个军，只剩下不到六千人，刚奉命开到这里，又被两万三千多日伪军包围了。情况是十分严重的，新二十二军危在旦夕，只要九丈崖一被突破，一切便全完了，暗堡里的军官们都清楚地知道这一点。

然而，他们却也同情郭士文旅长，御守九丈崖的重任放在他们任何一个人身上，他们也同样担不了，谁不清楚？九丈崖和馒头丘一样，势在必失。

杨梦征不管这些，手指戳着郭士文的额头骂：

"混蛋！孬种！白跟老子十几年，老子叫你守，守三天！守不住，我操你祖宗！新二十二军荣辱存亡，系此一战！你他妈的不明白么？"

郭士文慢慢抬起了头：

"是！军长！我明白！四八八旅誓与九丈崖共存亡！"

杨梦征的怒火平息了一些，长长叹了口气，拍了拍郭士文的肩头：

"好！这才像我六兄弟说的话！"

郭士文却哭了：

"杨大哥，为了你，为了咱新二十二军，我打到底！可……可我不能保证守三天！我只保证四八八旅三百多号弟兄打光算数。"

国殇 | 119

杨梦征摇摇头，凄然一笑：

"不行哇，老弟！我要你守住！不要你打光……"

偏在这时，桌上的电话铃响了。一个随从参谋拿起电话，问了句什么，马上向杨梦征军长报告：

"军长，你的电话！"

"哪来的？"

"军部，是毕副军长。"

杨梦征军长走到桌前，接过话筒。

"对！是我……"

军长对着话筒听了半天。

谁也不知道电话里讲的是什么。不过，军长放下电话时，脸色更难看了，想来那电话不是报喜报捷。大家都想知道电话内容，可又不敢问，都呆呆地盯着军长看。

杨梦征正了正军帽，整了整衣襟，望着众人平静地说：

"弟兄们，眼下的情势，大家都清楚，你们说咋办？"

众军官你看看我，我看看你，没人说话，最后，眼光集中到了白云森脸上。

白云森道：

"没有军长，哪有新二十二军？！我们听军长的！"

杨梦征对着众军官点了点头：

"好！听我的就好！你们听我的，现刻儿，我可要听中央的，听战区长官部的。我再次请诸位记住，我们新二十二军今儿个不是和张大帅、段合肥、吴子玉打，而是和日本人打。全国同胞们在看着我们，咱陵城二十二万父老乡亲们在看着我们，咱不能充孬种！"

"是！"

军官们纷纷立正。

杨梦征想了想，又说：

"我和众位都是多年的袍泽弟兄了，我不瞒众位，刚才毕副军长在电话里讲：赶来救援我们的新八十一军在醉河口被日军拦住了，眼下正在激战。暂七十九军联系不上，重庆和战区长官部电令我军固守待援，或伺机突破西线，向暂七十九军靠拢。情况就是这样。只要我们能拼出吃奶的劲，守上三天，情势也许会出现转机，即便新八十一军过不来，暂七十九军是必能赶到的！我恳请众位一定要不惜一切代价，守住东线！凡未经军部许可，擅自弃守防线者，一律就地正法！"

"是！"

又是纷纷地立正。

杨梦征挥挥手，在一群随从和卫兵的簇拥下，向暗堡麻包掩体外面走，走到拱形麻包的缺口，又站住了：

"郭旅长！"

"有！"

"军部手枪营拨两个连给你，还是那句话，守三天！"

"军长……"

"别说了，我不听！"

杨梦征手一甩，头也不回地走了。

郭士文下意识地追着军长背影跑了几步，又站下了。他看着军长和随从们上了马，看着军长一行的马队冲到了回城的下坡山道。山道上蔚蓝的空中已现出一轮满月，白白的、淡淡的，像张失血的脸。西方天际烧着一片昏黄发红的火，那片火把遥远的群山和高渺的天空衔接在一起了。

他怅然若失地转身往暗堡中的指挥所走，刚走进指挥所，对面馒头丘山腰上的日军炮兵开火了，九丈崖弥漫在一片浓烈的硝烟中……

二

从九丈崖城防工事到陵城东大门不过五六里，全是宽阔的大道。道路两旁立着挺拔高耸的钻天杨，夏日里，整个大道都掩映在幽幽的绿荫里。现在却不是夏日，萧瑟的秋风吹落了满树青绿，稀疏枝头上残留的片片黄叶也飘飘欲飞，空旷的路面上铺满了枯朽的落叶。风起处，落叶飞腾，尘土四扬，如黄龙乱舞，马蹄踏在铺着枯叶的路面上，也听不到那令人心醉的"得得"脆响了。

杨梦征军长心头一阵阵酸楚。

看光景，他的新二十二军要完了。

这是他的军队呵！新二十二军是他一手缔造的庞大家族，是他用枪炮和手腕炮制出的奇迹。就像新二十二军不能没有他一样，他也不能没有新二十二军。现今，落花流水春去也，惨烈的战争，把他和他的新二十二军推到了陵城墓地。下一步他能做的只能是和属下的残存部属，把墓坑掘好一些，使后人能在茶余饭后记起：历史上曾有过一个显赫一时的新二十二军，曾有过一个叫杨梦征的中将军长。

那个叫杨梦征的军长二十九年前就是从陵城，从脚下这块黄土地上起家的。那时，从九丈崖古炮台到城东门的道路还没这么宽，路面也没有这么平整。他依稀记得，那窄窄的路面上终年嵌着两道深深的车辙沟，路边长满刺槐棵子和扒根草，钻天杨连一棵也没有。

窄道上，阴天满道泥水，晴日尘土蔽日。那会儿，他也不叫杨梦征，他是九丈崖东北杨家墟子人，大号杨富贵，可墟里墟外的人都管他叫杨老六。他上面有五个叔伯哥，下面有七个叔伯兄弟。他们杨家是个大家族，陵城皮市街上许多绸布店、大酒楼，都是杨家人开的。老族长满世界吹嘘，说他们杨家是当年杨家将的后人，谁知道呢？！族谱上没这个记载，据老族长说，是满人入关时，把有记载的老族谱毁于兵火了。族人们便信以为真，便认定杨家墟子的杨氏家族是应该出个将军、大帅什么的。

直到宣统幼主登基，杨氏家族都没有出将军、大帅的迹象。那时的他虽说喜好枪棒，将军梦还不敢做。整日勾着腰，托着水烟袋的老族长也没料到他有一个愣头愣脑的重孙儿日后会做上中将军长。

宣统登基的第三个年头，陵城周围闹匪了，最出名的一个叫赵歪鼻，手下的喽啰有百十号，还有几十匹好马，十几杆毛瑟快枪，五响的。赵歪鼻胆大包天，那年春上，绑了杨家的一个绸布店老板的票，接下，又摸黑突进陵城，抢了城里最繁华的举人街。城里巡防营的官兵屁用没有，莫说进山剿匪，连抓住的两个喽啰都不敢杀。赵歪鼻发了话，官府敢杀他手下的人，他就拿巡防营开刀。据说，巡防营管带暗地里放了那两个喽啰，又喳喳呼呼说是那两个喽啰逃了。

官府靠不住，百姓们只得自己保护自己。那年夏天，先是杨家墟子，后是周围的村寨和城里纷纷成立了民团、商团，整日价喝符水念咒，舞枪弄棒。老族长知道他自幼喜好枪棒，功夫不浅，就让他做了二团总，团总自然是老族长。后来，老族长吃参吃多了，竟死了。老族长直到死，都不知道外面的世界已闹得沸反盈天，都不知道革命党人已在广州、香港、上海、武昌四处发动了起义。临死时，还拉着重孙儿的手交待：咱拉民团是护乡保民，就如同当年曾相国一样，是护着大清天下的，咱可不能因着有枪有棒，势力坐大，就不听官府的招呼。

那功夫，他只有三支五响毛瑟快枪，还是老族长通过巡防营管带，私下用一百多两白银买来的，人倒不少，杨家墟子、白土堡加城里，四个民团，合计有近一千多号人，使的都是红缨子枪头和大刀片。就这些枪头子和大刀片，便把赵歪鼻吓住了，整整一个冬季，赵歪鼻和他的喽啰们都没敢在杨家族人身上下手。

过了大年，省城的信息传来了，说是宣统小圣上的龙座保不住了，四处都起义独立了。城里已有了革命党，革命党和赵歪鼻联络，要他带人来打陵城。杨家一个在南京水师学堂念书的秀才也跑了回来，也成了革命党。秀才是他的堂哥。秀才堂哥很严肃地告诉他：武昌成立了军政府，各省都督府代表云集上海，通电宣布，承认武昌军政府为统领全中国的中央军政府。秀才堂哥以革命党的名义，劝他带领民团、商团，抢在赵歪鼻一伙的前面，干掉巡防营，接管陵城。

他直到这时才明白，建立武装并不仅仅能保护自己，保护家族的财产势力，而且能够干预政治，改变人们的生活秩序和历史的进程。他的第一个老师，应该说是那位两年后因病谢世的秀才堂哥，他日后渐渐辉煌起来的梦想，也是那位秀才堂哥最先挑起的。

不过，那当儿，他却很犹豫。老族长的谆谆教诲还在耳边响着，巡防营和他们杨家，和民团、商团的关系又一直不错，向巡防营下手他狠不下心。

秀才哥说，你不下手，赵歪鼻就要下手，他要是一宣布起义独立，接管了陵城，不但咱们杨家，连全城都要遭殃。到那时你再打他，革命党人就会帮着他来打你了。量小非君子，无毒不丈夫，要想成大事，就不能讲情面，不能手软心善。

在秀才哥的怂恿下，他干了，当夜扑进了陵城，缴了巡防营的械，占领县道衙门，宣布起义。三天后，赵歪鼻率着喽啰们赶来"造反"时，陵城古都已咸与革命了。

赵歪鼻恼透了，扬言要踏平陵城，血洗杨家墟子。秀才哥和革命党人便从中斡旋，说是大家都是反清志士，要一致对付清廷，不能同室操戈。于是便谈判。赵歪鼻子不做山大王了，改邪归正，投身"革命"了——据他声称，他内心早就倾向革命了，当年抢掠陵城举人街便是革命的确证。他的喽啰并到了城防队里，杨梦征做队总，他做队副。后来，城防队正式编为民军独立团，杨梦征做中校团长；赵歪鼻做少校团副——这家伙好运不长，做了少校没几天，就因着争风吃醋被手下的人打死了。原陵城商团的白云森也做了中尉旗官。

他由此而迈入了军界，开始了漫长而艰险的戎马生活。先是在陵城，后是在皖北、河南、京津，二十多年来马蹄得得，东征西战，走遍了大半个中国，参加了制造中国近代历史的几乎每一场战争。民国二十三年，在名正言顺做了中将军长以后，他还幻想以他的这支杨姓军队为资本，在日后的某一天，决定性地改变民国政治。当年的吴佩孚吴大帅不就是仗着一个第三师改变了北洋政府的政治格局，操纵了一个泱泱大国的命运吗？！

没想到，民国二十六年七月七日，芦沟桥一声炮响，他隐匿在心中的伟大梦想被炸断了。日军全面侵华，两个国家、两个民族的大厮杀、大拼搏开始了。他和他的新二十二军身不由己地卷进了战争的旋涡，在短短三年中，打得只剩下了一个零头。他是有心计、懂韬略的，十分清楚新二十二军的衰败对他意味着什么。可是，在这场关乎民族存亡的战争中，他既不能不打，也不能像在往昔的军阀混战中那样耍滑头、搞投机。他若是还像往昔那样耍滑头，不说对不起自己作为一个中国军人的良心，也对不起真心拥戴他的陵城地区二十二万父老兄弟。

在关乎民族存亡的战争中，是没有妥协选择的余地的。

往昔的战争却不是这样。

民国九年，他率着独立团开出陵城，扯着老段的旗号打吴佩孚的镇守使时，一看情况不妙，马上倒戈，枪口一掉，对着自己的友军开了火。民国十一年四月，直奉战争爆发，他先是跟着同情奉系的督军拥张倒吴，后来一看吴佩孚得势，马上丢下阵地，和直系的一个旅长握手言和。再后来，冯焕章占领京师，赶走了废帝宣统，他又率着家族部下投身国民军行列，且因着兵力雄厚，升了旅长。冯焕章没多久服膺三民主义，他便也信奉了孙总理，贴上了蒋委员长——那时蒋委员长还没当委员长哩！再后来，张宗昌十万大兵压境，他的独立旅支撑不住，摇身一变，又把蒋委员长和孙总理的三民主义踏在脚下，向张宗昌讨价还价，要了一个师的名分，和张宗昌一起打北伐军。狗肉将军张宗昌十足草包，和北伐军没战上几个回合，一下子完了。他当机立断，没让蒋总司令招呼，又冲着张宗昌的一个旅开了火，竟把那个旅收编了，正正经经有了一个整编师。如今的副军长毕元奇就是当时那个旅的旅长，守九丈崖的郭士文是那个旅的团长。民国十九年，冯焕章伙着阎老西打蒋委员长，他二次反叛，在出师训话时，把蒋委员长痛骂了一通，而后气派非凡地率部上了前线。打了没多久，冯焕章、阎老西和蒋委员长谈判修好了，他又名正言顺地变成了国民革命军的少将师长。

从宣统年间拉民团起家，到民国十九年参加蒋、冯、阎大战，十六年间，他真不知道究竟打了多少乱仗，信奉过多少主张和主义，耍过多少次滑头。为了保存实力，为了不让自己的袍泽弟兄送死，在漫长喧闹的十六年中，他几乎没正正经经打过一次硬仗、恶仗。他不断地倒戈，抗命，成了军界人所共知的常败将军、倒戈将军、滑头将军。可奇怪的是，那么多血气方刚的常胜将军都倒下了，这个叫杨梦征的将军却永远不倒。而且，谁也不敢忽略他的存在。更令那些同行们惊讶的是：他的队伍像块无缝的铁板，永远散不了。有时候被打乱了，他的部下和士兵们临时进了别人的部队，可只要一知道杨梦征在哪里，马上又投奔过去，根本不用任何人招呼。仅此一点，那些同样耍枪杆子的将领们就不能不佩服。汤恩伯司令曾私下里说过：杨梦征带的是一支家族军。李宗仁司令长官也说：新二十二军是支扛着枪吃遍中国的武装部落。

李长官的话带着轻蔑的意思。这话传到他耳朵里后，他心里挺不是滋味。那时，他还没见过这位桂系的首脑人物。

民国二十六年四月，台儿庄眼见着要打响了，最高统帅部调新二十二军开赴徐州，参加会战。他去了，也真想好好教训一下日本人，给家乡的父老兄弟脸面上争点光。不曾想，整个五战区的集团军司令们却都不愿接收他，都怕他再像往昔那样，枪一响就倒戈逃跑。因左右逢源的成功而积蓄了十六年的得意，在四月八号的那个早晨，在徐州北郊的一片树林里，骤然消失了……

第二天，李宗仁长官召见他，把新二十二军直接划归战区长官部指挥，让他对此事不要计较。李长官告诉他：过去，咱们打的是内战，你打过，我也打过，打输了，打赢了，都没意思。你要滑头也能理解。旧事，咱们都别提了。今日是打日本人，作为中国军人，如果再怯敌避乱，那就无颜以对四万万五千万国人了！他知道。他频频点头。最后，拍着胸脯向李长官表示：新二十二军绝对服从李长官调遣，一定打好。

民国二十六年四五月间的徐州，像个被炮火驱动的大碾盘。短短四十天中，日军先后投进了十几个师团，总兵力达四十万之巨；中国军队也相继调集了六十多万人参战，分属两个东方民族的庞大武装集团，疯狂地推动着战争的碾磙，轰隆隆碾灭了一片片生命的群星。先是日军在台儿庄一线惨败，两万余人化作灰烬，继而是国军的大崩溃，几十万人被围困在古城徐州。

日军推过来的碾磙也压到了他的新二十二军身上，三千多弟兄因此丧生碾下。而他硬是用那三千具血肉之躯阻住了碾磙向运河一线的滚动，确保了孙连仲第二集团军的台儿庄大捷。

他和他的新二十二军第一次为国家，为民族打了一次硬仗。

后来，当台儿庄大捷的消息传到陵城，全城绅商工学各界张灯结彩为之庆贺，还不远千里组团前往徐州慰劳⋯⋯

五月中旬撤出徐州之后，他率部随鲁南兵团退过了淮河，继而又奉命开赴武汉，参加了武汉保卫战。武汉失守，他辗转北撤，到了豫南，在极艰难、极险恶的情况下，和日军周旋了近十个月。

三十年初，豫南、鄂北会战开始，新二十二军歼灭日军一个联队，受到了最高统帅部通电嘉勉。杨梦征的名字，从此和常败将军、倒戈将军的耻辱称号脱钩了。陵城的父老兄弟们因此而认定，从陵城大地走出去的杨梦征和新二十二军天生就是保家卫国的军队，杨梦征军长和新二十二军的光荣，就是他们的光荣。

豫鄂会战结束后，战区长官部顺乎情理地把新二十二军调防陵城了。其时，陵城周围四个县已丢了三个，战区长官部为了向最高统帅部交账，以陵城地区为新二十二军的故乡，地理条件熟，且受本地各界拥戴为由，令他率六千残部就地休整，准备进行游击战。不料，刚刚开进陵城不到一周，从沦陷区涌出的日军便开始了铁壁合围，硬将他和他的子弟兵困死在这座孤城里了……

骑在马上，望着不断闪过的枯疏的树干，和铺满路面的败枝凋叶，杨梦征真想哭。

在反抗异族侵略者的战争中，他成名了——一万多袍泽弟兄用性命鲜血，为他洗刷掉了常败将军、倒戈将军的耻辱，然而，事情却并不美妙。他有力量的时候，得不到尊敬；得到尊敬的时候，力量却作为换取尊敬的代价，付给了无情的战争。

他感到深深的愧疚，对脚下生他养他的土地，对倒卧在鲁南山头、徐州城下、武汉郊外、豫南村落的弟兄们。他不知道现在幸存的这几千部下是否也要和他一起永远沉睡在家乡古城？还有二十二万敬爱他的和平居民。

战争的碾磙又压过来了，当他看到东城门高大城堡上"抗日必胜"四个赤红耀眼的大字的时候，不禁摇了摇头，心想：抗日会胜的，只是眼下这座孤城怕又要被战争的碾磙碾碎了。这里将变为一片废墟，一片焦土，而他和他的新二十二军也将像流星一样，以最后的亮光划破长空，而后，永远消失在漫长而黑暗的历史夜空中，变为虚无飘渺的永恒。

他叹了口气，在城门卫兵们向他敬礼的时候，翻身下了马。在自己的士兵面前，他是不能满面阴云的，他一扫满面沮丧之色，重又把一个中将军长兼家长的威严写到了皮肉松垮的脸上。

军部副官长许洪宝在城门里拦住了他，笔直地立在他面前，向他报告：陵城市府和工商学各界联合组织的抗敌大会，要请他去讲演，会场在光明大戏院，市长、商会会长已在军部小白楼恭候。

这是三天前就答应了的，他要去的。日军大兵压境，陵城父老还如此拥戴他，就冲着这一点，他也得去。他可以对不起任何上峰长官，却不能对不起陵城的父老兄弟。

他点了点头，对许副官长交待了一下：

"打个电话给军部，就说我直接到会场去了，请市长和商会的人不要等了。告诉毕副军长，如有紧急军情，如新八十一军，暂七十九军有新消息，立即把电话打到会场来。噢，还有，令手枪营一、三连立即到九丈崖向四八八旅郭士文报到，二连和营长周浩留下！"

三

杨梦征在一片近乎疯狂的掌声中走下了戏台子。台下的人们纷纷立起。靠后的人干脆离开座位，顺着两边的走道向前挤，有的青年学生站到了椅子上。会场秩序大乱，闹哄哄像个大兵营。副官长许洪宝害怕了，低声对军部手枪营营长周浩说了句什么，周浩点点头，拔出了驳壳枪，率着许多卫兵在军长和与会者之间组成了一道人墙。

杨梦征见状挺恼火，令周浩撤掉人墙，把枪收起来。他在尚未平息的掌声中，指着楼上包厢上悬着的条幅，对周浩道：

"这是陵城，新二十二军的枪口咋能对着自己的父老乡亲呢？看看横幅上写的什么嘛？！"

横幅上的两行大字是：

"胜利属于新二十二军！光荣属于新二十二军！"

周浩讷讷道：

"我……我是怕万一……"

"陵城没有这样的万一！假使真是陵城的父老乡亲要我死，那必是我杨梦征该死！"

副官长许洪宝走了过来：

"会已经散了，这里乱哄哄的，只怕……军长还是从太平门出去回军部吧！"

杨梦征没理自己的副官长，抬腿跨到了第一排座位的椅子上，双手举起，向下压了压，待掌声平息下来，向众人抱拳道：

"本军长再次向各界父老同胞致谢！本军长代表新二十二军全体弟兄向各界父老同胞致谢！"

话刚落音，第四排座位上，一个剪着短发的姑娘站了起来，大声问：

"杨军长，我是本城《新新日报》记者，我能向您提几个问题么？"

他不知道陵城何时有了一张《新新日报》，不过，看那年轻女记者身边站着自己的外甥女李兰，他觉着得允许女记者问点什么。

女记者细眉大眼，挺漂亮。

他点了点头。

"市面纷传，说是本城已被日军包围，沦陷在即，还说，东郊馒头丘已失守，九丈崖危在旦夕，不知属实否？"

杨梦征挥了挥手：

"纯系汉奸捏造！馒头丘系我军主动弃守，从总体战略角度考虑，此丘无固守之必要！九丈崖有古炮台，有加固了的国防工事，有一个旅防守，固若金汤！"

女记者追问：

"东郊炮声震天，其战斗之惨烈可想而知，九丈崖能像军长讲的'固若金汤'么？"

杨梦征有些火，脸面上却没露出来：

"你是相信本军长，还是相信汉奸的谣言？"停顿了一下，又说："若是本城真的危在旦夕，本军长还能在这里和父老乡亲们谈天说地么？！"

会场上响起一片啧啧赞叹，继而，不知谁先鼓起了掌，掌声瞬时间又响成了一片。

掌声平息下来之后，女记者头发一甩，又问：

"我新二十二军还有多少守城抗敌的兵力？"

杨梦征微微一笑：

"抱歉，这是军事机密，陵城保卫战结束之前，不能奉告。"

"请军长谈谈本城保卫战的前途？"

杨梦征指了指包厢上悬着的横幅：

"胜利属于新二十二军！"

这时，过道上的人丛中，不知是谁说话了，音调尖而细：

"军长不会再弃城而逃，做常败将军吧？"

全场哗然。

众人都向发出那声音的过道上看。

手枪营长周浩第二次拔出了驳壳枪。

杨梦征一笑置之，侃侃谈道：

"民国二十六年以前，自家内战，同室操戈，你打我，我打你，全无道理，正应了一句话：'春秋无义战'。本军长知道它是不义之战，为何非要打？为何非要胜？为何非要我陵城子弟去流血送死？

本军长认为，二十六年前之国内混战，败不足耻，胜不足武。民国二十六年'七七事变'以后，本军长和本军长率属的新二十二军为民族、为国家拼命流血，是我同胞有目共睹的，本军长不想在此夸耀！提这个问题的先生嘛，我不把你看做动摇军心的汉奸，可我说，至少你没有良心！我壮烈殉国的新二十二军弟兄的在天之灵饶不了你！"

女记者被感动了：

"军长！陵城民众都知道，咱新二十二军抗日英勇，军长是咱陵城光荣的旗帜！"

"谢谢小姐！"

"请军长谈谈，陵城之围，何时可解？听说中央和长官部已令友军驰援，可有此事？"

杨梦征气派非凡地把手一挥：

"确有其事。我国军三个军已星夜兼程，赶来增援，援兵到，则城围解。"

"如若这三个军不能及时赶到呢？"

"我守城官兵将坚决抵抗！有我杨梦征，就有陵城……"

刚说到这里，副官长许洪宝跳上椅子，俯到杨梦征耳边低语了几句。

杨梦征再次向众人抱了抱拳：

"对不起！本军长今晚还要宴请几位重要客人，客人已到，不能奉陪了！抱歉！"

杨梦征跳下了椅子，在众多副官、卫兵的簇拥和市政各界要员的陪同下，通过南太平门向戏院外面走。刚出太平门，女记者追了上来，不顾周浩的阻拦，拦住杨梦征问：

"军长，我能到九丈崖前沿阵地上探访吗？"

杨梦征面孔上毫无表情：

"不行，本城战况，军部副官处每日会向各界通报！你要探访，就找许副官长！"

外甥女李兰冲过去，站到了女记者身边：

"舅舅，你就……"

杨梦征对外甥女也瞪起了眼睛：

"不要跟着起哄，快回去！"

杨梦征迈着军人的步子，头都不回，昂昂地向停在举人街路边的雪铁龙汽车走去。走到离汽车还有几步的时候，从戏院正门出来了几个商人模样的老人，冲破警戒线，要往他跟前扑。手枪营的卫兵们虽然阻拦，可怕军长责怪，不敢过分粗暴。几个老人气喘嘘嘘，大呼小叫，口口声声说要向军长进言。

杨梦征喝住卫兵们，让几个老人来到面前：

"诸位先生有何见教？"

一个戴瓜皮帽的老人上前拉住他的手：

"老六！做了军长就不认识我这老朽本家了！我是富仁呀！宣统年闹匪时被绑过，后来，咱杨家拉民团……"

杨梦征认出来了：

"唔，是三哥，我正说着等军务忙完了，到皮市街去看看咱杨家老少爷们，可你看，初来乍到，连营寨还没扎牢实，就和日本人干上了！"

"是喽！是喽！做将军了，忙哩！我到你们军部去了三次都没寻到你……"

"三哥，说吧，有啥事？还有你们诸位老先生。"

戴瓜皮帽的本家道：

"还不是为眼下打仗么！老哥我求你了，你这仗可能搬到别处去打？咱陵城百姓子民盼星盼月似的盼你们，可你们一来，鬼子就来了，老六，这是咋搞的？"

另一个挂满银须的老头也道：

"将军，你是咱陵城人，可不能在咱陵城城里开仗哇！这城里可有二十几万生灵哇！我等几个老朽行将就木，虽死亦不足惜，这一城里的青壮妇孺，走不脱，出不去，可咋办呀？将军，你积积德，行行好吧！可甭把咱陵城变成一片焦土死地哇！"

杨梦征听着，频频点头：

"二位所言挺好，挺好！我考虑，我要考虑！本军长不会让鬼子进城的，也不会把陵城变成焦土的！放心！你们放心！实在抱歉，我还有要务，失陪！失陪！"

说着，他钻进了雪铁龙，未待刚钻进来的许洪宝关闭车门，马上命令司机开车。

车一离开欢送的人群，他便问许洪宝：

"毕副军长刚才在电话里讲的什么？"

许洪宝叹了口气，忧郁地道：

"孙真如的暂七十九军昨日在距陵城八十二里的章河镇一带附逆投敌了！姓孙的通电我军，劝我们向围城日军投降，电文上讲：只要我军投降，日本军方将在点编之后，允许我军继续驻守陵城！如果同意投降，可在今、明两夜的零点至五点之间打三颗红色信号弹。围城日伪军见到信号弹，即停止进攻。据毕副军长讲，电文挺长，机要译电员收译了一个小时，主要内容就是我报告的这些。"

"新八十一军现在情况如何？"

"依然在醉河一线和日军激战，五时二十分电称：将尽快突破重围，向我靠拢！"

"孙真如的暂七十九军投敌，新八十一军知道么？"

"知道。重庆也知道了。六时二十八分，重庆电告我军，宣布暂七十九军为叛军，取消番号，令我继续固守，在和新八十一军汇合之后，西渡黄河，开赴中原后方休整待命。长官部七时零五分，也就是刚才，电令我军伺机向黄泛区方向突围，友军将在黄泛区我军指定地点予以接应。"

"混账话！我们突得出去么？"

"毕副军长请您马上回军部！"

杨梦征仿佛没听见似的，呆呆望着窗外。

汽车驰到贝通路大东酒楼门前时，他突然命令司机停车。

雪铁龙停下，手枪营长周浩的两辆摩托车和一部军用卡车也停了下来。

周浩跳下车斗，跑到雪铁龙车门前：

"军长，不是回军部么，为什么停车？"

杨梦征道：

"请客！今天你做一次军长，找一些弟兄把大东酒楼雅座全给我包下来，好好吃一顿，门口戒严，不准任何人出入。把牌子挂出来，扯上彩灯，写上：杨梦征军长大宴嘉宾！十一时前不准散伙。"

"是！"

"要搞得像真的一样！"

"明白。这带出的两个排，我留一个排护卫军长吧！"

"不必！再说一遍，这是陵城！"

杨梦征连雪铁龙也甩下了，自己跳上了一辆摩托车，许洪宝跳上了另一辆,一路呼啸,向位于陵城风景区的军部小白楼急驰……

四

情况越来越坏,一顿丰盛的晚餐都被糟踏了。从在餐桌前坐下来,到晚餐结束,离开餐桌,杨梦征几乎被电话和报告声吵昏过去。一顿饭吃得极糊涂。东线九丈崖告急,西线在日军强大炮火的攻击下军心浮动,三一一师副师长,杨梦征的侄子杨皖育,请求退守城垣。城中机动团(实际不到三百人)十三个士兵化装潜逃,被执法处抓获,请示处置。半个小时前,在光明大戏院还慷慨激昂的总商会会长,现在却低三下四地打电话来,恳请新二十二军以二十二万和平居民为重,以古城池为重,设法和日伪军讲和。总商会答应为此支付八十万元法币的开拔费。城北矿业学院的大学生则要新二十二军打下去,并宣称要组织学生军敢死队前往东线助战,恳请军长应允。

杨梦征几乎未经考虑,便接二连三发出了命令:从机动团抽调百余人再次填入九丈崖。把侄子杨皖育臭骂了一通,令其三一一师固守西线。十三个逃兵由执法处押赴前沿戴罪立功。对商会会长则严词训斥云:本军军务,本城防务,任何人不得干预,蓄意扰乱军心者,以通敌罪论处。对矿院大学生代表,则好言相劝,要他们协助军政当局,维持市内秩序,救护伤员。为他们的安全计,不允许他们组织敢死队,擅自进入前沿阵地。

晚饭吃完,命令发布完,已是九点多钟了,毕元奇副军长,许洪宝副官长才满面阴郁在他面前坐下。

毕元奇把暂七十九军孙真如的劝降电报递给了他,同时,似乎很随便地问了句：

"看军长的意思，我们是准备与陵城共存亡喽？"

他接过电报，反问了一句：

"你说呢？"

"我？"

毕元奇摇摇头，苦苦一笑，什么也没说。

许洪宝也将几张红红绿绿的纸片递了上来：

"军长，这是刚才手枪营的弟兄在街上捡来的，不知是日军飞机扔的，还是城内汉奸散发的，您看看，上面的意思和孙真如的电报内容相同。鬼子说：如果我新二十二军不走暂七十九军孙真如的路，他们明日就要用飞机轰炸陵城市区了。"

"逼我们投降？"

"是的，您看看。"

杨梦征翻过来掉过去将电报和传单看了几遍，突然，从牛皮蒙面的软椅上站起来，将电报和传单揉成一团，扔进了身边的废纸堆里。

"孙真如真他妈的混蛋！"

"是呵，长官部不派他增援我们反好，眼下，他可要掉转枪口打我们了！"

毕元奇的话中有话。

杨梦征似乎没听出来，站起来在红漆地板上踱着步：

"情况确实严重，可突围的希望么，我看还是有的！新八十一军不就在醉河附近么？若是他们突破日军阻隔，兼程驰援，不用三天，定能赶到本城。新八十一军的赵锡恒，我是知道的，这家伙是条恶狼，急起来又撕又咬，谁也阻不住的！还记得二十七年底在武汉么？这家伙被日本人围了大半个月，最后还不是率部突出来了么？！"

毕元奇摇了摇头：

"问题是，陵城是否还能守上三天以上？今日下午六时以后，日军一反常态，在东、西两线同时发动夜战，八架飞机对东线进行轮番轰炸，我怀疑这其中必有用意。"

"用意很明显，就是迫降么！他们想在我部投降之后，集中兵力回师醉河，吃掉新八十一军！新八十一军不像我们这样七零八落的，赵锡恒有两个整师，一个独立旅，总计怕有两万五六千狼羔子哩！"

"军长，难道除了等待新八十一军，咱们就没有别的路子可走了么？咱们就不该做点其他准备么？"

杨梦征浑黄的眼珠一转：

"做投降的准备么？"

投降这两个字，只有军长敢说，毕元奇见杨梦征说出了这两个字，便大胆地道：

"是的！事关全军六千多号弟兄的生死存亡，我们不能不做这样的准备！况且，这也不算投降，不过是改编。我们是不得已而为之，一俟形势变化，我们还可弃暗投明么，就像民国二十六年前那样。"

杨梦征摇摇头："我不能这样做！这是陵城，许副官长、白师长，还有三分之二的弟兄，都是陵城人，咱们和日本人拼了整三年，才拼出了新二十二军的抗日英名，作为新二十二军的军长，我不能在自己父老兄弟面前做汉奸！"

毕元奇不好说话了，他不是陵城人，他已从杨梦征的话语中听出了责怪的意思。

副官长许洪宝却道：

"军长！我们迫不得已这样做，正是为了我陵城二十二万父老乡亲！在光明大戏院门口，还有方才的电话里，乡亲们讲得还不明白么？他们不愿陵城变为一片焦土哇！他们也不愿打呀！打输了，城池遭殃，百姓遭殃，就是幸免于战火的乡亲，在日本人治下，日子也不好过。而若不打，我军接受改编，不说陵城二十二万百姓今日可免血火之灾，日后，有我们的保护，日子也要好过得多。"

杨梦征叉腰站着，不说话，天花板上悬下来的明亮吊灯，将他的脸孔映得通亮。

毕元奇叹了口气，接着许洪宝的话题又说：

"梦征大哥，我知道，作为抗日军人，这样做是耻辱的。您、我、许副官长和我们新二十二军六千弟兄可以不走这条路，我们可以全体玉碎，尽忠国家。可如今城里的二十二万百姓撤不出去哇，我们没有权利让这二十二万百姓陪我们玉碎呀！梦征大哥，尽管我毕元奇不是陵城人，可我也和大哥您一样，把陵城看作自己的家乡，您如果觉着我说这样的话是怯战怕死，那兄弟现在就脱下这身少将军装，扛根汉阳造到九丈崖前沿去……"

杨梦征红着眼圈拍了拍毕元奇圆圆的肩头：

"老三，别说了！大哥什么时候说过你怕死？！这事，咱们还是先搁一搁吧！至少，今夜鬼子不会破城！还是等等新八十一军的信儿再说！现在，咱们是不是先喝点什么？"

许洪宝知道军长的习惯，每到这种抉择关头，军长是离不开酒的。军长酒量和每一个豪饮的陵城人一样，大得惊人，部属们从未怀疑过军长酒后的选择——军长酒后的选择绝不会带上酒味的。

几个简单的拼盘和一瓶五粮液摆到了桌上，三人围桌而坐，喝了起来。气氛压抑而沉闷，毕元奇一支接一支地抽烟，往天从不抽烟的许洪宝也抽了起来。只有杨梦征一杯接一杯地喝酒。末日感和危亡感夹杂在烟酒的雾气中，充斥着这间明亮的洋房。军参谋长杨西岭已在豫鄂会战中殉国了，杨梦征却一再提到他，后来，眼圈都红了。毕元奇和许洪宝都安慰杨梦征说：就是杨参谋长活着，对目前新二十二军的危难也拿不出更高明的主意。二人一致认为，除了接受改编，已没有第二条路可走了。看杨梦征不作声，毕元奇甚至提出：今夜就该把三颗意味着背叛和耻辱的红色信号弹打出去。杨梦征不同意。

一瓶酒喝到三分之一的时候，门口响起了急促的脚步声，一个机要译电员赶来报告了：

"杨军长、毕副军长，刚刚收到新八十一军赵锡恒军长急电，渡过醉河向我迂回的新八十一军三〇九师、独立旅和军部被日军压回了醉河边上，伤亡惨重，无法向我部靠拢，发报时已沿醉河西撤。尚未渡过醉河的该军三〇一师，在暂七十九军孙真如劝诱下叛变附逆。电文尚未全部译完。"

"什么？"

杨梦征被惊呆了，塑像般地立着，高大的身躯不禁微微摇晃起来，仿佛脚下的大地都不牢实了。

完了，最后一线希望也化为乌有了。

过了好半天，杨梦征才无力地挥了挥手，让译电员出去，重又在桌前坐下，傻了似的，低着花白的脑袋，眼光直直地看着桌上的酒瓶发呆。

"梦征大哥！"

"军长！"

毕元奇和许洪宝怯怯地叫。

杨梦征似乎被叫醒了，仰起头，两只手颤巍巍地按着桌沿，慢慢站了起来，口中讷讷道：

"让我想想！你……你们都让我想想……"

他摇摇晃晃离开了桌子，走出了大门，拖着沉重的脚步上了楼。许洪宝望着杨梦征的背影，想出门去追，毕元奇默默将他拦住了。

"我……我再去劝劝军长！"

毕元奇难过地别过脸：

"不用了，去准备信号弹吧！"

电话铃偏又响了，东线再次告急。毕元奇自作主张，把城内机动团最后二百余人全部派了上去。放下电话，毕元奇看了看腕子上的手表，见手表的指针已指到了十字，心中一阵悲凉：也许两小时或三小时之后，陵城保卫战就要以新二十二军耻辱的投降而告结束了。他走到窗前，望着夜空下炮声隆隆的东郊，两行浑浊的泪水滴到了窗台上……

五

十点四十五分，李兰闯进了军长的卧室，发现这个做军长的舅舅阴沉着脸，趴在大办公桌上写着什么。她一进门，舅舅就把手中的派克笔放下了，把铺在桌上的几张写满了字的纸草草叠了叠，塞进了抽屉里。她以为舅舅在起草作战命令、安民告示之类的文稿，便没疑心，只随便说了句：

"舅，都这么晚了，还写个啥？赶明儿让姜师爷写不行？！"

往日，新二十二军的重要文告大都出自姜师爷之手。姜师爷是晚清的秀才，从杨梦征做旅长时，就跟杨梦征做幕僚了。

杨梦征笑笑说：

"师爷老了，身子骨一天不如一天，眼下的事又这么多，这么急，光指望他哪成呢？！"

李兰拍手叫道：

"那，我给舅舅荐个女秀才，准保比姜师爷高强百倍！舅，就是今晚你见过的那个《新新日报》的记者，叫傅薇。她呀，在上海上过大学堂。"

杨梦征挥挥手，打断了李兰的话头：

"好了，兰子，别提那个女秀才了，舅舅现在没心思招兵买马！来，坐下，我和你谈点正经事！"

"你不听我的话，我也不听你的正经事！人家傅薇对你敬着哩！甭看她说话尖辣，心里可是向着咱新二十二军！会一散，她就写文章了，明日《新新日报》要登的！"

"我也没说她不好嘛！"

"那，你为啥不准她到东郊前线探访？！舅，你就让她去吧，再给她派两个手枪营的卫兵！昨儿个，我都和周浩说过了，他说，只要你一吐口，莫说两个，十个他也派！"

杨梦征叹了口气：

"好吧，别搅了，这事明天——咱们明天再谈，好不好？"

"明天你准保让她去？"

杨梦征点了点头，又指了指办公桌对面的椅子，要李兰坐下。

李兰坐下了。直到这时，她都没发现舅舅在这夜的表现有什么异样。自从随陵城慰劳团到了徐州之后，三年中，她一直跟在舅舅身边，亲眼见着舅舅在一场场恶战中摆脱噩运，渡过难关。舅舅简直像个神，无所不能，军中的官兵敬着舅舅，她也敬着舅舅。她从未想过把死亡和无所不能的舅舅连在一起。

她大意了。

舅舅显得很疲惫：

"兰子，自打民国二十七年五月到徐州，你跟着舅舅南南北北跑了快三年了，劝也劝不走你，甩也甩不掉你，真叫我没办法。如今，你也二十大几了，也该成个家了。我知道你这三年也不都是冲着我这舅舅来的，你对白云森师长的意思我明白，往日我阻拦你，是因为……"

她垂着头，摆弄着衣襟，怪难堪的。

"过去的事都甭提了，眼下看来，白师长还是挺好的，四十七岁，妻儿老小又都死于国难，若是你没意见，我替你过世的母亲做主，答应你和白师长的这段姻缘，也不枉你跟我跑了一场！"

她过了好半天，才抬起头：

"白……白师长也……也许还不知道我……我有这意思！"

杨梦征摇摇头：

"白师长是新二十二军最明白的人，你的意思，他会不知道？笑话了！"

过后，杨梦征又唠唠叨叨向外甥女讲了白云森一大堆好话，说白云森如何有头脑，有主见，如何靠得住，说是嫁给白云森，他这个做舅舅的就是死也能放心瞑目了。

舅舅明白地提到死，她也没注意。她根本没想到舅舅在安排她婚事时，也安排了自己和新二十二军的丧事。

她告退的时候，大约是十一点多钟，出门正撞上手枪营营长周浩赶来向杨梦征报告。

周浩清楚地记得，他跨进军长卧室大门的时候，是十一点二十分，这是不会错的。从位于贝通路口的大东酒楼到军部小白楼，雪铁龙开了十五分钟。他是严格按照军长的命令，十一点整撤除警戒返回军部的。下了车，他在军部大院里见到了许副官长，打个招呼，说了几句话，而后便进了小白楼门厅，上了三楼。他知道，在这激战之夜，军长是不会在零点以前睡觉的。

果然，军长正在落地窗前站着，他一声报告，军长缓缓转过了身子：

"回来了？"

"哎！"

他走进屋子，笑嘻嘻地道：

"军长，替你吃饱喝足了。"

军长点点头：

"好！回去睡吧！"

他转身要出门时，军长又叫住了他：

"回来！"

"军长，还有事？"

军长走到办公桌前拉开抽屉，取出一把勃朗宁手枪：

"浩子，你往日尽偷老子的手枪玩，今天用不着偷偷摸摸的了，老子送你一把！"

他有点不相信自己的眼睛和耳朵，望着军长甩在桌上的枪不敢拿，眨着小眼睛笑道：

"军长，您又逗我了？！我啥……啥时偷过您的枪玩？您可甭听许副官长瞎说！这家伙说话靠不住哩！那一次……"

军长苦苦一笑：

"不想要是不是？不要，我可收起来了，以后别后悔！"

"哎，军长！别……别！军……军长不是开玩笑吧？"

"不是开玩笑，冲着你小子今天替我吃得好，本军长奖你的！"

周浩也没料到军长会自杀，一点也没想到爱玩手枪的军长把心爱的勃朗宁送给他，是在默默和他诀别。他十六岁投奔军长，先是跟军长当勤务兵，后来进手枪营，由卫兵、班长、排长、连长，一直到今天，当了营长。他曾三次豁出性命保护过军长。两次是对付刺客，一次是对付日军飞机投下的炸弹，为此，他膀子上吃过一枪，大腿上的肉被炸弹掀去了一块。

姜师爷在快十二点的时候，听到了走廊上的脚步声。脚步声沉重而凝缓，在寒意渐近的秋夜里显得很响。姜师爷那刻儿也没歇下，正坐在太师椅上看书，听得脚步声响到门前，摘下老花眼镜，向门口走，刚走到门口，杨梦征便进来了。

"老师爷还没歇觉？"

"没歇，揣摩着你得来，候着你呢！"

杨梦征在姜师爷对面坐下了，指着书案上一本发黄的线装书，不经意地问：

"又是哪个朝代的古董？"

姜师爷拿起书，递到杨梦征手上。

"算不得古董，前朝王秀楚的《扬州十日记》，不知军长可曾看过？"

杨梦征看了看书面，随手翻了翻，把书还给了老师爷。

"扬州我没去过，倒是听说过的。有一首诗讲过扬州的：'烟花三月下扬州'，是不是？说是那里美色如云哩！"

姜师爷拍打着手上的书：

"王秀楚的这本《扬州十日记》，却不是谈烟花，谈美色的，军长莫搞错了！"

"哦？那是谈什么？"

"清朝顺治年间，大明倾覆，清兵一路南下，攻至扬州。明臣史可法，不负前朝圣恩，亲率扬州全城军民人等，与异族满人浴血苦战。后满人在顺治二年四月破扬州，纵火烧城，屠戮十日，致一城军民血流成河，冤魂飘飞，是为史称之'扬州十日'也！"

杨梦征一惊：

"噢，这事早年似乎是听说过的！"

姜师爷拉动着枯黄的面皮，苦苦一笑：

"同在顺治二年，离'扬州十日'，不过三月余，清兵越江而下，抵嘉定。嘉定侯峒曾，亦乃忠勇之士也，率义兵义民拼死抵挡。殊不料，天命难违，兵败城破，两万生灵涂炭城中。十数日后，城外葛隆、外冈二镇又起义兵，欲报前仇，旋败，复遭清兵杀戮，此谓二屠，第三次乃朱瑛率属的义兵又败，嘉定城再破，清兵血洗城池。"

杨梦征呆呆地看着姜师爷，默不作声。

"后人叹云：史可法、侯峒曾、朱瑛三位其志可嘉，其法则不可效也。大势去时，风扫残叶，大丈夫岂能为一人荣辱，而置一城生灵于不顾呢？自然，话说回来，当时的南明小朝廷也实是昏得可以。史可法拒清兵于扬州城下之际，他们未予策应，徒使可法孤臣抗敌，最终落得兵败身亡，百姓遭殃。后人便道：可法等臣将若不抵死抗拒，那'扬州十日''嘉定三屠'或许都不会有的！"

杨梦征听罢，慢慢站了起来：

"老师爷，时辰不早了，您……您老歇着吧，我……我告辞了。"

姜师爷抚须叹道：

"唉！老朽胡言乱语，军长切不可认真的！哦，先不忙走吧，杀上一盘如何？"

杨梦征摇摇头：

"大敌当前，城池危在旦夕，没那个心思了！我马上要和毕副军长商讨一下军情！"

六

其实，已没什么可以商讨的了，为了二十二万和平居民，为了这座古老的城池，新二十二军除了向日军投降，别无出路。杨梦征明白，毕元奇也明白，因此，他完全没必要再多费口舌向毕元奇解释什么了——这位副军长比他明白得还早些。

杨梦征把拟好的投降命令从办公桌的抽屉里取出来，递给了毕元奇：

"看看吧，同意就签字！"

毕元奇看罢，愣愣地盯着他：

"决定了？"

"决定了。"

"是不是把团以上的军官召来开个会再定呢？这事毕竟关系重大呵！"

"不必了！正因为关系重大，才不能开会，才不能让他们沾边。在这个命令上签字的只能是你我，日后重庆方面追究下来，我们承担责任好啦！"

毕元奇明白了杨梦征的良苦用心，长长叹了口气：

"梦征大哥，这责任可不小哇，闹不好要掉脑袋的！六十九军军长石友三去年十二月就被重庆方面处了死刑……"

杨梦征阴阴地道：

"那我们只好做石友三第二、第三喽！"

"我的意思是说，是不是再和三一二师的白云森和三一一师的杨皖育商量一下呢？这么大的事，我们总得听听他们的意见才是。皖育是你的侄儿，咱们不说了，至少白师长那里……"

杨梦征火了：

"我已经说过了，不能和他们商量！这不是他妈的升官发财，是卖国当汉奸呵！你我身为军长副军长，陷进去是没有办法，我们怎能再把别人往里拖呢？投降是你和许副官长最先提出来的，你若不敢担肩胛，那咱们就打下去吧，我杨梦征已打定主意把这副老骨头葬在陵城了！"

毕元奇无奈，思虑了好半天，才摸过杨梦征的派克笔，在投降命令上签了字。

毕元奇总归还是条汉子，杨梦征接过毕元奇递过的派克笔时，紧紧握住了毕元奇的手：

"元奇兄，新二十二军交给你了，一切由你来安排吧！改编之后，不愿留下的弟兄，一律发足路费让他们走，千万不要难为他们。"

"我明白。"

"去吧，我要歇歇，我太……太累了……"

杨梦征未待毕元奇离开房间，就颓然倒在办公桌前的椅子上了……

杨梦征无论如何也忘不了民国二十七年四月八日的那个黎明。

那个黎明是从槐树林的枝叶梢头漏下来的,稀稀拉拉,飘忽不定,带着露珠的清凉,也带着丝丝缕缕的惆怅。那夜,他一直没睡,就像今夜一直未睡一样。他当时就有一种预感,觉着在自己生命的旅途中要发生点什么事。新二十二军开到徐州北郊整整三十六小时了,五战区长官部在三十六小时中,至少下达了四道命令,一忽儿把他划归汤恩伯军团,一忽儿又调给孙连仲的第二集团军……最终,哪儿也没让他去,而是要他和他的新二十二军原地待命。他当时并不知道那些集团军司令们不愿要他,还以为战局发生了变化,李司令长官要把新二十二军派到刀口上用哩!

他焦虑不安地等待着,有几个小时干脆就守在电台和电话机边上。等到后来,他觉着有点不对头了,走出帐篷,到槐树林里去散步。直到天朦胧发亮的时候,毕元奇从徐州五战区长官部赶来,才沮丧地向他们讲明了真情。

他一下失了态,狂暴地大骂李宗仁,大骂汤恩伯,大骂那些集团军司令们……

那是他和新二十二军耻辱的日子。

他永远也忘不了。

今天,同样的命运又落到了新二十二军头上。他刚刚签署了一个耻辱的命令,新二十二军万余弟兄的血白流了,他杨梦征也在签署这个命令的同时,又回到了民国二十七年四月八日悲哀的原地。新二十二军从此之后,将被重庆中央宣布为叛军,取消番号,他这个中将军长又成了倒戈将军。

他知道,重庆方面绝不会宽恕他和他的新二十二军的。新二十二军在往昔的内战中两次反叛,委员长都是耿耿于怀的。日后抗战胜利,委员长绝不可能因为他曾使一座古城免于毁灭,曾使二十二万和平居民得以生存，而认可他的投降。由此想到：暂七十九军的孙真如率全军投敌，依附汪伪，也不是没有道理的。孙真如也和他杨梦征一样，靠民间武装起家，也和蒋委员长干过。不同的只是，他杨梦征投降是被迫的，而孙真如怕是谈不上被迫；此人早年就和周佛海、任援道有联系，如今南京伪政府成立，和平建国军竖旗，他早晚总要投过去的。

新二十二军走到如今这一步，都是他一手造成的，新二十二军的弟兄们对得起他，他却对不起他们。他知道，弟兄们大都是不愿当汉奸的，他不但背叛了中央，也背叛了他们。尽管他为了弟兄们的将来留了一手，可内心的愧疚却还像乌云一样驱赶不散。万余弟兄用鲜血和性命洗刷着他的耻辱，而他却在最后关头下令投敌附逆，就冲着这一点，他也没脸活在这个世界上了。

木然地拉开抽屉，从抽屉里摸出手枪，他吃力地站了起来，推开椅子，走到窗前。

窗外，古老的陵城在枪炮声中倒卧着，黑乎乎一片，因为灯火管制，昔日那壮观的万家灯火看不见了，战争改变了这个夜城市的面孔。

哦！战争，战争……

战争原本是男子汉的事业，是男子汉用枪炮改变世界、创造历史的事业，这事业是那么令人着迷，使人们一投身其间就兴奋不已，跃跃欲动。

他就这么兴奋过，跃动过。他把近三十年光阴投入了战争的血光炮火。他穿过一片片硝烟，踏过一具具尸体，由中校、上校、少将而做了中将军长。然而，直到今天的这一刻，直到用手枪抵着自己太阳穴的时候，他才悲哀地发现，三十年来，他并没有改变什么、创造什么，而是被世界和历史改变了。他双鬓斑白，面孔上布满皱纹，他老了，早已不是原先那个虎虎有生气的男子汉了，举起手枪的那一瞬间，他甚至觉着自己的心脏已停止了跳动，周身的热血在脉管中凝固了。

世界还是那个世界。

历史依然在如雾如嶂的硝烟中流淌着。

他站在窗前默默流泪了，泪眼中的世界变得一片恍惚。身体摇晃起来，两条麻木的腿仿佛支撑不住沉重的躯体了。他怕自己会瘫倒。

在生命的最后时刻，他想到了已做了副师长的侄子杨皖育，想到了他留给陵城父老乡亲的最后的礼物——和平。他承担了投降的耻辱，而杨皖育们和二十二万陵城民众可以免于战火了。

他还给新二十二军留下了种。

是夜零时四十五分，中国国民革命军陆军新编第二十二军中将军长杨梦征饮弹自毙。零时四十七分，三颗红色信号弹升上了天空。一时十五分，陵城东西线日军停止了炮击，全城一片死寂。

耻辱的和平开始了。

中篇

七

随着雪铁龙车轮的疯狂滚动，小白楼跌跌撞撞扑入了白云森眼帘。那白生生的一团在黑暗中肃然立着，整座楼房和院落一片死寂。街上的交通已经断绝，军部手枪营的卫兵们三步一岗，五步一哨，从大街上一直排到小白楼门厅前。卫兵们头上的钢盔在星光和灯光下闪亮。雪铁龙驰入院落大门，还没停稳，黑暗中便响起了洪亮的传呼声。

"三一二师白师长到！"

白云森钻出轿车，一眼看到了站在门厅台阶上的手枪营长周浩，疾走几步，上了台阶：

"出什么事了？深更半夜的接我来？"

周浩眼里汪着泪，哽咽着道：

"军……军长……"

"军长怎么啦？"

"军长殉国了！"

"怎么回事？快说！"

门厅里响起了脚步声，一个沉沉的黑影骤然推到了白云森和周浩面前。周浩不敢再说，急忙抹掉了眼窝里的泪，笔直立好了。

"白师长，请，请到楼上谈！"

来人是副官长许洪宝。

"老许，究竟出了什么事？"

许洪宝脸色很难看，讷讷道：

"军长……军长殉难了。哦，上楼再说吧，毕副军长在等你呢！"

白云森一时很茫然，恍若在梦中。好端端一个军长怎么会突然死了？七八个小时前，他还在九丈崖前沿指挥所神气活现地发布命令呢，怎么说死就死了？这么一头狡诈而凶猛的狮王也会死么？他不敢相信这是事实。他认定，在整个新二十二军，没有谁敢对这个叫杨梦征的中将军长下手。可眼前的阵势又明明白白摆在这里，他深更半夜被军部的雪铁龙从东线前沿接到了小白楼，周浩和许洪宝也确凿无误地证明了军长的死亡，他还能再怀疑什么呢？那个叫杨梦征的中将军长死了——甭管是怎么死的，反正是死了。这头狮王统治新二十二军的时代结束了，尽管结束得很不是时候。他说不出是应该欣慰还是应该悲哀，只觉着胸中郁郁发闷，喉咙口像堵着什么东西似的。

楼梯口的壁灯亮着，红漆剥落的扶手上跃动着缕缕光斑。他扶着扶手，一步步机械地向三楼走，落满尘土的皮靴在楼梯木板上踩出了一连串单调的"咔咔"声。

"想不到军长会……唉！"

声音恍惚很远，那声叹息凄婉而悠长，像一缕随风飘飞的轻烟。

"凶手抓到了吗？"

他本能地问，声音却不像自己的。

"什么凶手哇？军长是自杀！"

"自杀？军长会自杀？"

"是的，毕副军长也没想到。"

他摇摇头："唉！军长咋也有活腻的时候？！"

这一切实际上都无关紧要了。不管是自杀还是被杀，反正军长不会再活过来了。从他跨进军部小白楼的时候开始，新二十二军将不再姓杨了，这才是最重要的。他当即在心中命令自己记住：军长死了！死了、死了、死了……

然而，楼梯上，走道上，乃至整个小白楼都还残留着军长生前的气息，仿佛军长的灵魂已浸渗在楼内的每一缕空气中，现在正紧紧包裹着走进楼里的每一个人，使每一个人都不敢违拗军长的意志而轻举妄动。

军长一定把自己的意志留下来了，他被接到这里，大约就是要接受军长的什么意志的。军长自毙前不会不留下遗言的。这头狮王要把新二十二军交给谁？他不会交给毕元奇的，毕元奇统领不了这帮陵城子弟，能统领这支军队的，只能是他白云森。

新二十二军要易手了。

白云森摸了摸腰间的枪套，悄悄抠开了枪套上的锁扣。

可能要流点血——或者是他和他的三一二师，或者是杨皖育和杨皖育的三一一师，也或者是毕元奇和他的亲信们。

自然，在这种时候，最好是不要发生内乱，最好是一滴血都不流。大敌当前，新二十二军的每一个官兵都必须一致对外，即便要流血也该在突围之后，到看不见日本人的地方去流，免得叫日本人笑话。

他决不打第一枪。他只准备应付任何人打出的第一枪。

胡乱想着，走到了三楼军长卧室门口。门半开着，一个着军装的背影肃然立着，他对着那肃然的背影，习惯地把靴跟响亮地一碰，笔直一个立正：

"报告军长……"

话一出口，他马上觉出了自己的荒唐，军长已经死了，那个肃立者决不会是军长。

肃立者是副军长毕元奇。

毕元奇转过身子，向门口迎了两步。

"哦，云森兄，请，里面请。"

他走进房间，搭眼看到了军长的遗体，遗体安放在卧室一端的大床上，齐胸罩着白布单，头上扣着军帽，枕头上糊着一摊黑血。

他扑到床前，半跪着，俯在军长的遗体上，不知咋的，心头一阵颤栗和酸楚，眼圈竟红了。

"军长，军长！"

他叫着，两行清泪落到了白布单上……

一切都过去了，一切都消逝了，他和倒下的这头狮王在二十几年中结下的诸多恩恩怨怨，全被狮王自己一枪了结了。他不该再恨他、怨他，而且，只要这头狮王把新二十二军交给他，他还应该在新二十二军的军旗上永远写下这头狮王辉煌的名字。

他慢慢站了起来，摘下军帽，垂下头，默默向狮王告别。

"云森兄，别难过了，军长走了，我们不能走！我们还要生存下去！新二十二军还要生存下去！我请你来，就是要商量一下……"

他转过身，直直地盯住毕元奇：

"毕副军长，军长真是自杀么？"

"是的，谁也没有想到。听到枪声后，我跑到这里，就见他倒在这扇窗下了，手里还攥着枪，喏，就是这把，当时的情形，姜师爷、周浩和他外甥女李兰都看到的。"

他点燃了一支烟，缓缓抽着。

"军长为什么在这时候自杀？"

"很简单，仗打不下去了。"

"什么？"

"哦，你还不知道，暂七十九军叛变附逆，新八十一军沿醉河西撤，我们没指望了。"

他手一抖，刚凑到嘴唇边的香烟掉到了地板上。他没去捡，木然地将烟踩灭了。

"这么晚请你来，就是想商量一下这事。梦征大哥眼一闭，撒手了，这烂摊子咱们要收拾，是不是？"

他默默点了点头，心中却发出了一阵冷笑：好一头狮王，好一个爱兵的军长！大难当头，知道自己滑不掉了，竟这么不负责任！竟能不顾数千部属官兵，不顾一城二十几万百姓父老，自己对自己的脑门搂一枪！混账！

"军长临终前留下什么话没有？"

"留下了一道命令，是自杀前亲手草拟，和我一起签署的。"

"什么内容？"

毕元奇迟疑了一下：

"投降。接受日军改编。"

他又是一惊，脱口叫道：

"不可能！今日傍晚，他还在九丈崖口口声声要三一二师打到底哩，怎么转眼又……"

毕元奇没争辩，掏出命令递给了白云森。

白云森匆忙看着，看罢，眼前一片昏黑，踉踉跄跄走了几步，在大桌前的椅子上坐下了。他万没想到，这头狡诈而凶猛的狮王在踏上黄泉之路的时候，还会给新二十二军留下这么一道荒唐无耻的命令：他在命令中只字未提新二十二军的指挥权问题，只让他们投降。他自己死了，不能统治新二十二军了，就把它作为礼物送给了日本人。直到死，这位中将军长的眼里都没有他白云森，也没有新二十二军的袍泽弟兄，更甭说有什么国家利益、民族气节了。而面前这位姓毕的也不会是什么好人，至少他是同意叛变附逆的——也说不准是他力主投降的。事情很清楚，只要由毕元奇出头接洽投降，伪军长一职便非他莫属，看来，军部今夜戒备森严的阵势，决不仅仅因为那个叫杨梦征的中将军长的毙命，也许是面前的这位副军长要用武力和阴谋解决新二十二军的归属问题。

白云森发现，自己掉进了毕元奇设下的陷阱。

毕元奇逼了过来：

"云森兄意下如何？"

他想了想，问：

"新八十一军和暂七十九军的消息属实么？"

毕元奇努了努嘴，默立在一旁的副官长许洪宝将七八份电文递到了白云森面前。他一份份看着，看毕，长长叹了口气，垂下了脑袋。

"妈的，这帮混蛋！"

许洪宝说：

"不是逼到了这份上，军长不会自杀，也不会取此下策，实在是没有办法呀！白师长，你是明白人，想必能理解军长一片苦心！"

白云森这才想起：他从前沿指挥所离开时，日军停止了轰炸和炮击，随口问道：

"这么说，信号弹已经打出去了？日军已知道我们投降的消息了？"

毕元奇点了点头。

"为什么不和我们商量一下？"

"我提出了要和你们商量，军长不同意。现在，我还是和你商量了嘛！说说你的主张吧！"

白云森愣了半天：

"既然走到了这一步，又有你们军长、副军长的命令，我……我还有什么话说？！只是，三一一师杨皖育那里，还有两个师的旅、团长那里怕不好办吧？"

毕元奇笑了笑：

"三一一师杨副师长马上就来，只要你们二位无异议，旅、团长们可召集紧急会议解决！我们必须在拂晓前稳住内部，出城和日军谈判洽商！"

一个卑鄙的阴谋。

他强压住心中的厌恶：

"挺好！这样安排挺好！稳住内部最要紧，估计三一一师问题不大。三一一师有杨皖育，头疼的还是我手下的旅、团长们，我同意接受改编，可我不能看着我手下的人流血。"

"你说咋办？"

"是不是容我回去和他们商量一下，陈明利害！"

毕元奇摇着头道：

"不必了吧？我想，他们总不会这么不识时务吧？军长都走投无路了，他们还能有什么高招？再说，时间也来不及呀，我已通知东西线旅、团长们来开会了。云森兄，你是不是就在这儿找个房间歇歇，等着开会？"

他当即明白了，起身走到毕元奇面前，拍了拍腰间的枪套：

"要不要我把枪存在你这儿？"

毕元奇尴尬地笑着：

"云森兄多虑了！我这不是和你商量么？又不是搞兵变！"

"那好，兄弟告辞！"

许洪宝在前面引路，将他带到了二楼一个房间门口。这时，楼下传来了雪铁龙汽车的刹车声，一个洪亮的声音响了起来：

"三一一师杨副师长到！"

许洪宝交待了一句：

"白师长，你先歇着，我去接杨副师长！"

说罢，匆匆走了。

白云森独自一人进了屋，反手插上门，沉重的身体紧紧依在门上，两只手摸索着，在黑暗中急速地抽出了枪，打开了保险……

——看来是得流点血了。

八

屋子很黑，开初几乎什么都看不见，连自己是否存在都值得怀疑，白云森像挨了一枪似的，身子软软的。身体的某个部位似乎在流血，他觉着那爆涌的鲜血正一点点淹没他的生命和呼吸。他汗津津的手紧握着枪，眼前老是闪出毕元奇阴冷的面孔。他认定毕元奇打了他一枪，就是在这喘不透的黑暗中打的。他受伤了，心被击穿了。他得还击，得瞄准毕元奇的脑袋实实在在来他几梭子。厮杀的渴望一时间像毒炽的火焰一样，腾腾地燃了起来。

他和新二十二军都处在危亡关头，他们被死鬼杨梦征和汉奸毕元奇出卖了，如果不进行一场奋力格杀，新二十二军的一切光荣都将在这个阴冷的秋夜黯然死去。他白云森也将成为丑恶的汉奸而被国人永远诅咒。天一亮，毕元奇和日本人一接上头，事情就无法挽回了。

最后的机会在天亮之前。

他必然在天亮之前干掉毕元奇、许洪宝和那些主张投降的叛将们，否则，他宁愿被他们干掉，或者自己对自己的脑门来一枪，就像杨梦征干过的那样。杨梦征这老东西，看来也知道当汉奸不是好事，可既然知道，他为什么还要逼他们做汉奸呢？这混账的无赖！他把新二十二军当作自己的私产了，好像想送给什么人就能送给什么人似的。

够了，这一切他早就受够了，姓杨的已经归西，新二十二军的弟兄们该自由了，他相信，浴血抗战三年多的弟兄们是决不愿在自己的父老乡亲眼皮底下竖白旗的，他只要能抓住最后的时机，拼命扳一扳，说不准就能赢下这决定性的一局。

响起了敲门声。微微颤响传导到他宽厚的脊背上，他敏捷地闪开了，握枪的手缩到了身后。

"谁？"
"白师长，许副官长让我给你送夜宵。"
他摸索着，拉亮了电灯，开了门。
门外站着一个端着茶盘的矮小卫兵，脸很熟，名字想不起来了。他冲他笑笑，叫他把茶点放在桌上。
"白师长还有什么吩咐？"
"没啦，出去吧！"
那矮小卫兵却不走。
"许副官长吩咐我留在这里照应你！"
"哦？"他不经意地问，"许副官长还给你交待了什么？"
卫兵掩上门悄悄说：
"副官长说，马上要开一个重要会议，要我守着您，不让您出去。白师长，究竟出什么事了？军长是自杀么？莫不是被谁算计了？"
他莫测高深地点了点头。
看来毕元奇的布置并不周密，军部手枪营的卫兵们对这一切还蒙在鼓里。他确有扳一下的机会。
白云森脑子里突然闪出一个大胆的念头。

"你们营长周浩呢?"

"在楼下大厅里。"

"叫他到我这来一下!"

"可……可是许副官长说……"

他火了,把藏在身后的手枪摔到桌上:

"姓许的总没让你看押我吧?"

卫兵讷讷地道:

"白师……师长开……开玩笑了!好!我……我去,我去!"

他交待了一句:

"注意避着那个姓许的。"

"噢!"

片刻,卫兵带着周浩进来了。

"白师长,您找我?"

他用眼睛瞥了瞥那个卫兵。

周浩明白了:

"出去,到门口守着!"

卫兵顺从地退出了房门。

"白师长,究竟有什么事?"

他清楚周浩和军长的关系。

"知道军长是怎么死的么?"

"自杀!枪响之后,我第一个上的楼!"

他怔了一下。

"真是自杀?"

"不错。"

"知道军长为什么自杀么?"

周浩摇了摇头。

"知道马上要开什么会么？"

"不知道！"

他向前走了两步，站到周浩面前，双手搭在周浩肩头上，将周浩按在椅子上坐下来。

"我来告诉你！如果你能证实军长是自杀的话，那么军长是被人逼上绝路的。副军长毕元奇一伙人暗中勾结日本人，准备投降。军长不同意，可又无法阻止他们。不过，我还怀疑军长不是自杀，可能是被人暗杀。现在，军长去了，他们动手了，想在马上召开的军事会议上干掉那些跟随军长多年的旅、团长们，发动兵变，宣布投降，他们说这是军长的意思！"

周浩呆了：

"军长怎么会下令投降？！肯定是他们胡说！下午在光明大戏院演讲时，军长还……"

他打断了周浩的话：

"他们这一手很恶毒！军长死了，他们还不放过他，还让他背着个汉奸的臭名！还想以此要挟我们，要我们在自己的父老兄弟面前做汉奸，周浩，你干么？"

周浩反问：

"白师长，你干？"

"我干还找你么？"

"那您说，咋办？"

他压低声音道：

"我走不脱了，你立刻把九丈崖手枪营的两个连调到这里来，相机行事。"

"是！"

"设法搞支手枪给我送来，万不得已的时候，我得亲自动手！"

"行！"

周浩突然想起，自己的口袋里就装着军长的勃朗宁，当即抽了出来：

"给，这里现成的一把。"

他接过勃朗宁，掖进怀里。

"事不宜迟，快去吧！"

周浩走了。

送周浩出门的时候，白云森发现，守在门口的那个卫兵不见了，心里不由一阵紧缩。

好在周浩争取了过来，而且已开始了行动，对扳赢这一局，他有了一半的把握。毕元奇、许洪宝就是现在发现了他的意图，也没有多少办法了，前线的弟兄不明真相，一时半会又调不过来，军部的一个手枪连就是都站在毕元奇一边，毕元奇也未必能稳操胜券。

他头脑清醒多了，自知靠自己的声望不足以号令新二十二军，不管他怎么仇恨杨梦征，怎么鄙视杨梦征，在这关键的时刻，还得借重这头狮王的恩威才行。莫说手枪营，杨皖育的三一一师，就是他的三一二师，杨梦征的影响怕也不在他白云森之下，他得最后一次充分利用这个老无赖生前的影响，决定性地改变自己的也是新二十二军的命运。

这颇有些阴谋的意味，可这阴谋却是正义的，他不应该为此而感到不安。有时，正义的事业也得凭借阴谋的手段来完成，这是没办法的事，他既不是第一个这样干的，也不是最后一个这样干的。

一切还要怪杨梦征。

杨梦征充其量只是个圆滑的将军，却决不是一个聪明的政治家，而他是。他的眼光要比杨梦征远大得多，深邃得多。他有信仰，有骨气，能够凭借敏锐的嗅觉，捕捉到一个个重要信号，认准历史发展的大趋势。如若他处在杨梦征的位置上，是决不会取此下策的。

二十九年前陵城起义建立民军时，他和杨梦征处在同一起跑线上。尽管那时候杨梦征是中校团长，他是中尉旗官，可他们身上带有同等浓烈的土腥味。而后来，他身上的土腥味在连年战乱中一点点脱去了，杨梦征则带着土腥味一直混到了今天。这是他们的不同之处，这不同，造成了民国十五年底他们之间的第一场公开的冲突。

那时，吴佩孚委任张宗昌为讨贼联军司令，大举进攻国民军，从军事上看，冯焕章的国民军处于劣势，依附于国民军的陵城独立旅压力挺重。当时还是旅长的杨梦征昏了头，贴上了张宗昌，讨价还价要做师长。而他却清楚地看到，真理并不在张宗昌手里，却在冯焕章手里。冯焕章五原誓师，率部集体参加国民党，信奉了三民主义。而三民主义的小册子，他看过许多，真诚地认为它是救国救民之道，必能行之于天下。他劝杨梦征不要跟张宗昌跑，还劝杨梦征读读国民党人散发的这些小册子。杨梦征不干，逼着他们团向友军开火，他第一次耍了滑头，在向友军进攻前，派人送了信。杨梦征事后得知，拔出枪要毙他。他抓住了杨梦征的投机心理，侃侃而谈，纵论天下大势，预言：国民革命军将夺得天下，他们应该为避免了一场和真理的血战而庆幸。

此话被他言中，转眼间，张宗昌大败，杨梦征为了生存，不得不再次打起三民主义的旗帜。

民国十九年，蒋、冯、阎开战，土腥味十足的杨梦征又按捺不住了，第二次反叛。他力劝无效，当即告假还乡，一去就是十个月，直到杨梦征再次意识到了选择上的错误,他才被接回军中。

打那以后,杨梦征对他是高看一等了,可心中的猜忌和不信任却也是明摆着的。二十四年改编为新二十二军的时候,杨梦征提出两个职务让他挑:做副军长,或做三一二师师长,杨梦征自己却做了军长兼三一一师师长,他非但没让他做副军长兼师长,还在他选择了三一二师师长一职时,要把自己的侄子杨皖育派来当副师长。他一气之下,提出自己来做副师长,这才逼着杨梦征让了步,没派杨皖育到三一二师来。

今夜,这鸡肚心肠的杨梦征总算完蛋了,他又一次背叛了自己的人格和良心,又一次看错了天下大势,稀里糊涂给自己描画了一副叛将、汉奸的脸孔,这是他自找的。他今夜打出他的旗号,决不是为了给他刷清脸上的油彩,而是为了新二十二军往昔的光荣和未来的光荣。

吃夜宵的时候,他已不再想那个叫杨梦征的中将混蛋了,他要谋划的是如何完成马上就要开场的这幕流血的反正。

杨皖育的态度不明。也许他会跟毕元奇走的,如果他和他手下的旅、团长们真死心塌地跟毕元奇一起投敌,他就把他们也一起干掉!这是没办法的事。他相信每一个有良心的爱国将领处在他今夜这个位置上,都会这样做的。

门又敲响了,他开门一看,是那个矮小的卫兵。卫兵进门后,紧张地告诉他,毕元奇发现周浩不见了,正四处寻找。他不禁一怔,不祥的预感瞬时间潮水般漫上了心头。

鹿死谁手,现在还很难说,也许——也许他会为这场反正付出身家性命。

九

　　天蒙蒙发亮的时候，东西两线的旅、团长们大都到齐了。副军长毕元奇赶到他房间，陪同他到楼下会议厅去。一下楼，他便看到：会议厅门口和走廊上站着十余个手枪营的卫兵，对过的休息室门口放着一张大桌子，桌上摆满了各种型号的手枪，走到桌前，毕元奇率先掏出手枪交给了守在桌边的卫兵，还对他解释说：这是听从了他的劝告，为了避免流血被迫采取的措施。他心下明白，没让毕元奇再说什么，也掏出了腰间的佩枪摔到了桌上。恰在这时，副官长许洪宝陪着三一一师副师长杨皖育走过来了，他们也逐一将手枪交给了卫兵。

　　他想和杨皖育说点什么，摸摸他的底，可手刚搭到杨皖育肩头，只说了句"节哀"，毕元奇便跨进了会议厅的大门。会议厅里一片骚动之声，旅、团长们，军部的校级参谋、副官们纷纷起立立正。他只好放弃这无望的努力，也和许洪宝、杨皖育一起，鱼贯进入会议厅。

　　手下三一二师的旅、团长们大都用困惑的眼光看着他，四八八旅旅长郭士文还向他捏了捏拳头。他只当没看见，径自从他们身边走过去，在紧挨着毕元奇和许洪宝的座位上坐下了。毕元奇打了个手势，屋里的人也坐下了。

　　六张条案拼起来的大长桌前是两个师二十余个旅、团军官，他们身后靠墙的两排椅子上安置着军部的参谋、副官，门口有握枪的卫兵，阵势对他十分不利。不说门口的卫兵，就是那些参谋、副官们怀里怕也揣着枪，只要桌前的旅、团长们敢反抗，他们正可以冲着反抗者的脑袋开火。还有一个不利是，毕元奇手里攥着一份杨梦征亲自起草并签署的投降命令，只要这命令在与会者手中传阅一遍，他就无法假杨梦征之名而行事了，而杨皖育究竟作何打算，他又一点底也没有。

很明显，这一切都是精心安排好的。

毕元奇揭下军帽放在桌上。

"诸位，在战局如此险恶之际，把你们从前沿召来，实在是迫不得已。你们大概都知道了，军长已于四小时前在这座楼的三楼上自杀殉国……"

"毕副军长，是不是把军长自杀详情给诸位弟兄讲清楚点，免得大伙儿起疑。"

他正经作色地提醒了一下。

毕元奇向他笑了笑。

"好！先向大家讲一讲军长自杀的情况。军长取此下策，莫说你们没想到，我这个副军长也没想到。今日，——唔，应该是昨日了，昨日晚，暂七十九军孙真如率全军部属在章河镇通电附逆，其后，新八十一军急电我军，声称被敌重创，无法驰援……"

无论如何，他还是得干！他决不相信这一屋子的抗日军人都愿意做汉奸。三年，整整三年，他们新二十二军南北转进，浴血奋战，和日本人打红了眼，打出了深仇血恨，今日让他们把这深仇血恨咽进肚里，他们一定不会答应的。他们当中必然有人要反抗，既然如此，他就应该带着他们拼一拼。

毕元奇还在那里讲。

"军长和我谈了许久，军长说，'为了本城二十二万和平居民，为了给咱新二十二军留点种，仗不能再打下去了。'后来，他回到卧房起草了和日军讲和、接受改编的命令,自己签了字,也要我签字……"

毕元奇终于摊牌了。

"这就是军长的命令,白师长和杨副师长都看过了,他们也同意的。"

毕元奇举着命令展示着,仿佛皇帝的御旨。

命令一传到众人手里就啰嗦了!他不能等周浩了,如果命令被旅、团长们认可,周浩带人赶来,怕也无法挽回局面了,他把右手伸进口袋里,攥住了那把小号勃朗宁:

"毕副军长,是不是把命令念一下?"

毕元奇淡淡地道:

"还是让众位传着看看吧!"

毕元奇将命令递给了许洪宝,许洪宝越过他传给了他旁边三一一师的杨参谋长。杨参谋长刚接过命令,还未看上一眼,他一把把命令夺了过来,顺势用胳膊肘打倒了许洪宝,口袋里的勃朗宁掏出来,对准了毕元奇的脑门:

"别动!"

一屋子的人全呆了。

门口的卫兵和靠墙坐着的参谋、副官们纷纷摸枪。他们摸枪的时候,白云森急速跳到了毕元奇身后,枪口抵到了毕元奇的后脑勺上。

"命令他们放下武器!退出会议厅!"

毕元奇也傻了,从惊恐中醒转过来后,无可奈何地挥了挥手:

"退……退出去吧!"

拔出了枪的卫兵和参谋、副官们慢吞吞往外退。七八个手里无枪的参谋、副官们坐着没动。

他又是一声命令：

"非三一二师、三一一师作战部队的军官，通通出去！"

毕元奇再次挥了挥手。

余下的参谋、副官们也退出去了。

他这才松了口气，大声对不知所措的旅、团长们道：

"弟兄们，命令是伪造的！毕元奇勾结日本人，阴谋叛变附逆，杀死了军长，缴了我们的械，要逼我们去当汉奸，你们干么？"

"不干！"

四八八旅旅长郭士文第一个跳起来，往白云森身边冲，刚冲了没几步，窗外飞进一颗流弹，击中了他的肩头，他一个趔趄歪倒了。另一个赶来搀扶郭士文的副旅长也被击倒在地。

手无寸铁的旅、团长们都缩起了头。

毕元奇冷笑了：

"白师长，不要这样么！我这不是在和大家商量么？不愿干的，可以回家，我并不勉强，再说，命令是军长下的，我也是执行军长的命令！"

"胡说！"

毕元奇想扭过头，他又用枪在他脑袋上点了一下，毕元奇不敢动了，嘴上却还在说：

"白师长，我不想流血，今日新二十二军自家火并，可是你造成的！这会议厅外的窗口、门口都是卫兵，你要是蛮干，这一屋子人可走不出去！"

三一一师的一个老军官慌了神：

"白师长，别这样，有话好商量！"

坐在距他和毕元奇没多远的杨皖育却冷冷一笑：

"你别管！且看这出戏如何收场！"

他额上渗出了汗：

"皖育，你也相信你当军长的叔叔会下令让我们附逆么？"

杨皖育脸色铁青：

"我不知道！"

完了。

他不知咋的，食指一动，手中的勃朗宁就抠响了，面前的毕元奇哼了一声，"扑通"栽倒在地。他顾不上去看毕元奇一眼，枪口一掉，对着歪倚在墙根的许洪宝又是两枪，而后，将枪口瞄向了自己的脑门：

"既然你们他妈都想认个日本爹，这场戏只好这么收场了……"

不料，就在他要抠响这一枪的时候，杨皖育扑了过来，一头撞到他胸口上，将他手中的枪撞离了脑袋，继而，夺下了他的枪。

门外的卫兵们拥了进来，扭住了他。

会议厅里一片混乱。

杨皖育跳到桌上，冲着天花板放了一枪，厉声道：

"军部手枪营什么时候姓毕了？都给我住手！毕元奇、许洪宝谋害军长，伪造命令，图谋附逆，罪不容赦！谁敢动白师长一下，老子毙了他！"

杨皖育话音刚落，一声爆响，窗外又飞进一粒子弹，击中了他的胳膊，他跳下桌子，捂着伤口，继续对卫兵们喊：

"把参谋处、副官处的家伙们全抓起来！"

拥入会议厅的卫兵们这才悟出了什么，放开了白云森，纷纷往门外冲。而这时周浩也带着两个连的卫兵扑进了楼。卫兵们在周浩的指挥下,当即全楼搜捕,将十八九个参谋、副官一一抓获。

毕元奇、许洪宝的尸体被抬走了,医官给杨皖育、郭士文几人包扎好伤口,两个师的旅、团长们才各自取了佩枪,重在桌前坐下。

混乱结束了,弥漫着血腥味的会议厅庄重肃穆。直到这时,白云森才悟到:他成功了。

他和杨皖育在毕元奇、许洪宝坐过的位子上坐下,他让杨皖育说说下一步的打算。杨皖育不说,暗暗在桌下握了握他的手,要他说。他说了,声称,新八十一军西撤和暂七十九军附逆都是毕元奇和围城日伪军造出的谣言。目前,这两个军正在西部迂回,伺机向陵城靠拢,新二十二军应利用毕元奇擅自叛变造成的短暂和平,突破西线,挺进醉河,和新八十一军汇合,而后西渡黄河。他命令东线三一二师守军渐次后撤,一路抵抗,在三一一师打开西线缺口之后,随之突围。杨皖育也重金悬赏,令三一一师组织敢死队,在上午十时前打响突围之战。

会议开了不到半小时,七时二十分,白云森宣布散会,两个师的旅、团长们各返前沿。他和杨皖育留在军部,代行军长、副军长职。七时三十五分,散发着油墨气味的《新新日报》送到了,头版通栏标题醒目扎眼:

"本城各界昨晚举行抗敌大会,杨将军梦征称云:陵城古都固若金汤,新二十二军誓与日寇殊死决战。"

十

把报纸拍放在桌上,白云森的眉头皱成了结,脸孔上的得意被忧郁的阴云遮掩了。他烦躁地端起桌上的茶杯喝了一通水,手扶桌沿站立起来，对正吊着受伤的胳膊在面前踱步的杨皖育喊：

"看这混账报纸，瞧军长说了些什么？到啥辰光了，还'固若金汤'哩！"

杨皖育摇头叹气：

"他玩这一套也不是一次了，谁想到他会栽在陵城呢？！这老爷子谁不哓？不到最后关头，他跟我这个亲侄子也不说实话的！"

白云森抓着报纸挥着：

"眼下你我咋向陵城父老交待呢？"

"唉呀！嘴是两片皮么，咋翻不行？谁还会来找咱对证不成？还是甭在这上面烦心啦！"

白云森把报纸揉成一团，摔到地下：

"事到如今，想烦也烦不了了。军部必须马上撤到西关去，随主力部队突围，啥东西丢了都行，电台得带上，以便突围之后和长官部联系，你看呢？"

杨皖育点点头：

"我都听你的！"

这回答是真诚的，就像他刚才在会议厅里对他的支持一样真诚。他受了些感动。心头油然升起了神圣的责任感和使命感。他既然敢把新二十二军从附逆投敌的道路上拉回来，也就该对全军弟兄负责到底，领着他们突出去。这是一着险棋，可他必须走。他不能像杨梦征那样不负责任，一忽儿"固若金汤"，一忽儿又在"金汤"上来一枪。他做什么事情都义无反顾，认准了，就一头扎到底。

他揣摩，至少在眼下杨皖育是不会和他一争高下的，不说他比他大了十二三岁，名分上比他长一辈，就是单凭气魄，凭能力，凭胆量，这场即将开始的恶仗他也打不下来。

他会听他的。

他相信杨皖育的真诚。

他和杨皖育商量了一下，叫来了周浩和两个师的参谋长，发布了几道命令，派三一一师杨参谋长到西池口落实突围战的最后准备。派三一二师刘参谋长火速与总商会联系，疏散医院中的伤病员。叫周浩派人把关在三楼上的那帮原军部的参谋、副官们押到西线的三一一师敢死队去，并明确下达了军部在九时前撤退的命令。

两个师参谋长匆匆走了，周浩也随即上了楼，安排撤退事宜。不一会儿，楼上楼下便乱作一团，"咚咚"的脚步声在天花板上擂鼓般地响，悬在半空中的吊灯也晃了起来。

那帮倒霉的参谋、副官们被武装卫兵押到了院子里，有几个家伙冲着他所在房间的窗户大叫冤枉。他也知道其中必有受了冤枉的，但时间紧迫，来不及一一审问甄别了。这不能怪他，只能怪战争的无情。

他和杨皖育也忙活起来，收拾焚烧军部文件。

这时，周浩又赶来报告：

"白师长，姜师爷咋办？是不是还派四个弟兄用担架抬走？往日军长……"

"抬吧！按往日办！"

说话时，他头都没抬。

"慢！"杨皖育把一叠燃着了的文件摔到地下，对白云森道："这老僵尸留着何用？他和姓毕的是一个道上的！姓毕的向我劝降时，他也在一旁帮腔，尽讲什么'扬州十日''嘉定屠城'，硬说那命令是军长的意思！我看——"

白云森点点头：

"好！甭管他！日本人破城后，能活下来，算他的造化！"

"他知道的可是太多了，只怕……"

白云森一怔，想了想，走到杨皖育面前，从杨皖育的枪套里拔出手枪，取出多余的子弹，只留下一颗压进了枪膛。

"杨副师长说的也是。把这个给姜师爷送去吧，就说是杨副师长赏他的。"

"这……这……"

周浩似乎要哭。

"这是为了军长，执行命令！"

周浩看看白云森，怯怯地垂下了脑袋：

"是！"

杨皖育拍了拍周浩的肩头：

"军长没白栽培你！记着，好生教教老僵尸咋着使枪，别浪费子弹，眼下子弹金贵着哩！"

周浩点点头，拿着杨皖育的手枪走了。

一个卫兵又进来报告，说是李兰带着一个《新新日报》的女记者求见。

白云森一听李兰，脸孔上的阴云一下子消失了许多，顺手把几份机要文件装进军用皮包里，转身对卫兵道：

"让她们进来！"

李兰和《新新日报》记者傅薇一前一后进来了。李兰的眼泡红肿着，头发有些凌乱，步履沉重而迟钝。白云森想，她大概已经知晓了这座小白楼里发生的恶梦，也许还没从恶梦中醒来。

李兰进门就扑到杨皖育面前：

"二哥，受伤了？"

杨皖育笑了笑：

"我受伤不要紧，白师长没伤着就行！"

李兰瞥了白云森一眼：

"你们都在，我就放心了！方才楼下枪声乱响，我吓坏了，我要下去看，卫兵们不许。"

傅薇随即问道：

"听说毕副军长、许副官长暗杀了杨将军，施行兵变，是吗？"

白云森反问道：

"怎么，为这事来的？要把消息印到《新新日报》上吗？"

李兰忙道：

"不！不是！这事是我刚告诉她的。她原说好要到九丈崖前沿探访，昨晚，我也和舅舅说过的，可现在舅舅……"

白云森点了点头：

"这消息无论如何不能泄露出去！大敌当前，我们不能动摇军心，傅小姐你说呢？"

"是的！"

"为了不使陵城毁于战火，我军决定今日突围，九丈崖守军已奉命后撤，小姐无探访之必要了！"

傅薇一惊，这才注意到了房间里的凌乱。

"昨日在光明大戏院，军长不是还说：陵城古都固若金汤么，今天怎么又……"

杨皖育不耐烦地打断了她的话：

"军情瞬息万变！姓毕的一伙又勾结日军，战况恶化了……好了！说了，军事上的事，说了你们也不懂！"

白云森尽量和气地道：

"杨副师长说得不错,情况恶化了,我们要马上突围,军部现在也要撤退,小姐还是回家安置一下吧!我军一走,鬼子就要进城了。"

傅薇抿着嘴呆了一会儿,突然道:

"白师长,杨副师长,我也随你们一起突围!"

李兰兴奋得脸色绯红:

"太好了,二哥!白师长!就带上她吧!这样,我又多了个伴!"

杨皖育未置可否,只用眼睛盯着白云森看。

白云森皱着眉头来回踱了几步,在傅薇面前站住了:

"小姐,这很危险呵!如果……"

"我不怕!"

白云森终于点了头。

"好吧,你就和李兰一起,随那几个女译电员一起走,几个女同胞在一起,也好有个照应!"

"谢谢白师长!"

"李兰,带她到三楼电台室去吧!记住,不管发生什么情况,都不要离队!还有,不要穿军装,你们是随军撤离的难民,不是军人!"

李兰点点头,看了白云森一眼,说了句保重,随后带着傅薇出了门。

两个女人刚走,桌上的电话响了,城北矿业学院的学生又打电话来,声言已组织了四百人的学生军,即刻要到小白楼请愿参战。白云森告诉他们军部已从小白楼撤出,要他们立即解散。他们还在电话里争辩,白云森不愿再听,"啪"地挂上了电话。

刚挂上电话，周浩一声"报告"，又进来了：

"白师长，杨副师长，姜师爷死了！"

"哦？！"白云森怔了一下："咋没听枪响？"

杨皖育脸一黑：

"莫不是你放跑了他？"

周浩眼圈红红的：

"不！不是！我……我走到他的房间，见……见他已睡死过去了，好像刚咽气。"

周浩递上杨皖育的手枪，又把几张折叠得整整齐齐的纸捧到了白云森面前：

"这是老师爷留下的。"

"哦？！"

白云森展开纸要看，杨皖育却说：

"甭看了，这老僵尸不会留下什么好话的，咱们快收拾一下，准备走吧！"

周浩眼中汪上了泪：

"二位长官还是看看吧！这是……是为咱新二十二军留下的文告。"

杨皖育不相信，挤到白云森身边看。

果然，那是份《泣告全城各界民众书》。老师爷似乎拿出了一生考科举的看家本领，临终还做出了一篇绝好的文章，文章用笔不凡，一开头就气势磅礴地纵论天下大势，历数新二十二军抗日的光荣，而后，笔锋一转，谈到了艰难的陵城之役，谈到了新二十二军和陵城父老兄弟的骨肉之情，随之泣曰："身为华夏民族正义之师，降则大辱，虽生犹死；战则古城遭殃，生灵涂炭。新二十二军为求两全只得泣别父老，易地而战。"文告最后一页的空白处，写了几行蝇头小楷，那才是他简短的遗言，遗言说，他跟随军长半生，得其知遇之恩，未能报答，如今，也随军长去了。他既然不能救陵城二十二万生灵于水火倒悬，只得留下这一纸文告，对新二十二军的后继者或许有用。

白云森和杨皖育都默然了。

半晌，白云森才感叹道：

"一个尽职尽忠的幕僚！"

杨皖育刚点了下头，旋即又摇起了脑袋：

"幕僚的时代毕竟结束了！"

白云森把文告重新叠起来：

"也是。军长糊涂，姜师爷也糊涂。"

周浩脸上挂着泪，大胆地争辩道：

"师爷不糊涂！他许是算准了我……我们要杀他，才……"

白云森没作声，心头却恍惚骤然掠过一阵阴风，直觉着浑身发冷。不错，老师爷是明白人，也算是个正派的好人，死也死得干净，不拖累别人。这不是每一个人都能做到的，也许他就做不到。

拍了拍手里的文告，他转脸对杨皖育道：

"我看，这文告还有用，咱们不能拍拍屁股就走，至少得和'金汤'里的父老兄弟打个招呼嘛！"

"是该这样！"

白云森将文告上老师爷的简短遗言用刀子裁下来，把文告还给了周浩：

"去，派人送到《新新日报》馆，让他们在报上登一下！"

周浩抹掉脸上的泪，应了一声，拿着文告跑步出去了。

……

八点多钟，在手枪营的护卫下，军部撤离了小白楼，矿业学院的学生们赶到小白楼时，小白楼已空无一人了，只有二楼和三楼的几个大房间里飘飞着文件的灰烬和丝丝缕缕青烟。没多久，城东城西同时响起了枪炮声，突围战打响了。

十一

情况比白云森预料的要糟，从上午九点多到下午四点，城西的三一一师两个旅近两千号人在机枪重炮的配合下，发起了三次集团冲锋，均未能突破日军防线，东线的三一二师边打边退，至下午三时左右陆续放弃了九丈崖、石角头、小季山几个险要的城防工事，缩入了城中，被迫据守城门、城墙与敌苦战。四时之后，白云森在作为临时军部的西关小学校里和杨皖育并两个师参谋长商量了一下，决定暂时停止西线的出击，扼守现有阵地，待夜幕落下来后再做新的努力。

日军却并不善罢甘休，继续在东西两线发动攻击，七八架飞机和几十门大口径火炮毫无目标地对城里狂轰滥炸。繁华的皮市街和举人街化作了一片火海，巍巍耸立了八百七十余年的钟鼓楼被炸塌了半边；清朝同治年间建成的县道衙门被几颗重磅炸弹崩得七零八落，只剩下一个摇摇欲倒的门楼；那座曾作为军部的小白楼也中弹变成了废墟。有些街区变得无法辨认了，坑洼不平的青石大道上四处都是瓦砾、砖石、残墙断垣。负责东、西两线联络的传令兵几次跑迷了路。

日本人简直发了疯，他们似乎打定主意要把陵城从民国地图上抹掉，把城中的军民捶成肉泥。各处报来的消息都令人心惊肉跳：位于城市中央的博爱医院挨了十几发炮弹，未及疏散的重伤员大部死难，据目击者说，摊在着弹点上的伤病员们被炸得血肉横飞。残缺不全的胳膊、腿伴着弹片抛到了大街上。医院铁栅门的空档上嵌着血肉模糊的人头。一颗挂着黏膜的眼珠硬挤进了断垣的墙缝里。举人街上到处倒卧着尸体，向四处蔓延扩张的大火已无人扑灭。许多人往光明大戏院方向拥，而光明大戏院已着了火，先进去的人正往外挤，戏院门口的大街上充斥着绝望的哀号。日军飞机一颗炸弹扔下来，便有几十上百人死亡。有些被吓昏了的人往死人堆里钻，往排水沟的臭水里钻。奉命引导疏散的百余个新二十二军士兵已无法控制这绝望导致的混乱了。

古老的陵城在炮火硝烟中痛苦地挣扎着，呻吟着……

白云森的心也在呻吟。几个小时前，他还没料到战争会进行到眼下这种地步，他原指望借和平的假象、借日军等待投降接洽时的松懈，一举突破日军防线，冲出城去。这样，不论是对新二十二军，还是对脚下这座古城，对城里的百姓，都是最好的出路，不料，竟失算了，日军早已想到了他前头，而且，因为上当进行了疯狂的报复。他无可奈何地把这座生他养他的古城，和二十二万民众推进了血火爆涌的地狱。

听着那些报告，他真想哭，后来，他按捺不住了，睁着血红的眼珠对他们吼：

"滚开，都滚开！既然走到这一步了，老子就要打到底！"

站在西关小学一幢校舍的房顶上用望远镜向烟火起处瞭望时，他力图说服自己。无论如何，他是正确的，他的选择并没有错。即便整个陵城都被战争的铁拳打碎了，也不应后悔，城池毁了，可以重建，而一个民族的精神崩溃了，一切便全完了。他做出这样痛苦的选择，不仅仅是为了一个人的或一个军的荣辱，而是为了整个中华民族的尊严。老师爷不是和杨皖育谈起过史可法么？史可法就是他的榜样。当年的扬州，十日血雨飘过，只留下了清军的残暴恶名，扬州没从大地上滑走，史可法人亡魂存，光昭日月，为后世传诵。他没错，就是蒋委员长也讲过焦土抗战的。无此决心，也就不会有抗战的最后胜利。

自然，他并不希望陵城真的变成昔日的扬州，变成一片焦土。他得尽快突出去，让战火尽早在陵城熄灭。为了陵城，为了二十二万父老乡亲，夜间的突围必须不惜一切代价取得成功。

谋事在人，成事在天，能否成功他也说不准。天已朦胧黑了，日军攻击的炮火依然十分猛烈。安放在学校校长室的电话不停地响。几乎每一个电话都是告急报丧，东城墙北段危急，四八七旅一〇九五团团长、团副相继阵亡，南段一〇九四团已使上了大刀，团长重伤。三一二师副师长老赵捂着被打出的肚肠，嘶哑着嗓门向他哭诉，要求派兵增援。西边的三一一师情况也不妙，旅、团干部伤亡过半，从前沿阵地上抬下来的伤兵已排满了三大间校舍。

他对着电话不断地吼叫，骂人，一味命令各部坚持，直到入夜以后，日军攻击的炮火渐渐平息下来，他才抓住时机，把城东三一二师的四八七旅悄悄调了过来，和三一一师合为一处，准备星夜出击。整个城东防线只留下了郭士文四八八旅残部三百多人掩护撤退。

日军没再发动猛烈攻击，他揣摸，日军或许是认为此夜无法破城，才不那么迫不及待了。

十一点四十分，四八七旅一千余人跑步赶到了西关小学，向他报到。与此同时，三一一师又一支五百人的敢死队组成了。一个个背负大刀，全副武装的敢死队员也云集到小学校的操场上。

在几支火把的照耀下，他和杨皖育登上了操场前的砖石台，对分属于两个师的官兵们训话。

白云森率先挥着胳膊喊：

"弟兄们，我新二十二军生死存亡在此一战，这不是我白某人说的，是我们殉国的军长说的。军长为了不让我们做汉奸，被毕元奇一伙谋害了！我们为了军长，也得打好这一仗！弟兄们，对不对？"

"对！"

台下齐呼，气氛悲壮。

"我们新二十二军是军长一手创建的，你们每个人身上都寄托着军长的希望，你们只有拼着性命，不怕流血，冲出重围，才是对军长最好的报答！你们活着，把新二十二军的军旗打下去，军长九泉之下也可以瞑目了，我白云森就是死了，也有脸去见军长了！"

他走下砖台，从一个敢死队员手里取过了一把大刀片，旋又走到台上，把大刀举过了头顶：

"弟兄们，新二十二军就是靠它起家的！辛亥首义后，军长和我，就是用它铲了陵城巡防营，攻占了县道衙门！今儿个，我们还要用它去砍鬼子的脑袋！谁敢怯阵不前，本师长也用大刀剁他的头！记住，鱼死网破就在今夜，从本师长到你们诸位都得下定决心，不成功则成仁！举起枪来，跟我发誓：'不成功，则成仁！'"

"不成功，则成仁！"

台下的士兵们举枪齐吼，其声如雷。

"好！下面请杨副师长训话。"

杨皖育愣了一下，嘴唇嚅动了半天，才缓缓开口道：

"我没有多少话说了！该说的白师长都说了。我们都是凡夫俗子，都不愿死，可是，鬼子逼着咱拼命的时候，咱也得拼！若是怕了，就多想想倒在徐州郊外，武昌城下的弟兄们吧，不说为了军长了，就是为了那些殉国的弟兄，咱们也不能充孬种！"

"为殉难弟兄报仇！"

有人跳出队列高喊。

"为殉难弟兄报仇！"

"一切为了军长！"

"一切为了军长！"

台下呼声又响成一片。

待呼声平息下来之后，杨皖育又道：

"我和白师长就率着军部跟在你们后面突围，你们都倒下了，我和白师长顶上去，哪怕我新二十二军全部打光，也不能……"

响起了轰隆隆的爆炸声。两发炮弹落在东墙角，把小学校的围墙炸塌了一截。离爆炸点很近的一些弟兄及时卧下了。没人伤亡。

杨皖育不说了，手一挥，命四八七旅和三一一师敢死队士兵们跑步出发，到西池口集结。

整齐而沉重的脚步声轰轰然响了起来，震得砖石台都索索发抖。没有月。惨淡的星光下，操场上那由一千五百多号官兵构成的巨蟒渐渐伸直了盘蜷的躯体，一段段跃出了校门，消溶在凄惨的黑暗中。

是夜零时二十分，三一一师四八五旅开始向西南杨村方向佯攻。零时二十五分，白云森令三一一师敢死队、三一二师四八七旅汇合四八六旅由西池口向西北赵墟子一线强行突围。零时四十五分，在军部已准备撤离西关小学时，四八八旅旅长郭士文挂来了最后一个电话说：东城墙已被日军炮火炸塌多处，日军在轻重机枪的掩护下，从炸开的缺口突进城内,整个城东只有城门楼还在我军手中。最后,郭士文大喊了一声:"师长保重!"电话里便没了声音。

白云森抓着话筒呆站了半天,眼中的泪水不知怎么就流了下来。

他知道,郭士文这最后一声"师长保重",实际上是临终遗言了,他苦心经营了许多年的四八八旅终于不存在了。他在新二十二军的一个可以托之以性命的忠实部下和他永别了。

他放下电话,脸上滚着泪,对杨皖育道:

"四八八旅完了……"

"这么说,鬼子进城了?"

他点了点头。

"快!上马,我们也得走了!"

新二十二军终于向苦难的陵城告别了。

走出西关小学校门的时候,他骑在马上勒着缰绳,对着东方火光冲天的城池,对着那一片片残墙断垣,举起了沉重的手,敬了一个庄严的军礼。

十二

马背上的世界恍恍惚惚,飘移不定。掩映在夜色中的残败城墙方才还在火光中闪现着,转眼间便不见了。宽阔的城门洞子在他策马穿过时还巍巍然立着,仿佛能立上一千年似的,出了城,跃上一个土丘回头再看时,门楼子已塌下了半截。炮火震撼着大地,急剧改变着眼前的一切,使他对自己置身的世界产生了深刻的怀疑,生死有命,今夜,他和手下弟兄的一切都得由上天安排了。

枪声、炮声不绝于耳。一团团炽白的火光在他身后的黑暗中爆闪。夜幕被火光撕成了无数碎片，在喧闹滚沸的天地间飘浮。他有了一种飘起来的感觉，似乎鞍下骑着的不是一匹马，而是一股被炮火造出的强大气浪。

根本听不到马蹄声。激烈的枪声、炮声把马蹄声盖住了。他只凭手上的缰绳和身体的剧烈颠簸、摇晃，才判定出自己还在马上，自己的马还在跑着。道路两边和身边不远处的旷野上，突围出来的士兵们也在跑，黑压压一片。有的一边跑，一边回头放枪。各部建制被突围时的炮火打乱了，在旷野上流淌的人群溃不成军。

他勒住缰绳，马嘶鸣起来，在道路上打旋：

"杨副师长！杨副师长！"

他吼着，四下望着，却找不到杨皖育的影子，身边除了手枪营押运电台的周浩和十几个卫兵，几乎看不到军部的人了。

周浩勒住马说：

"杨副师长可能带着军部的一些人，在前面！"

"去追他，叫他命令各部到赵墟子集结，另外，马上组织收容队沿途收容掉队弟兄！告诉他，我到后面看看，敦促后面的人跟上来！"

"白师长，这太危险，我也随你去！"

周浩说罢，命令身边的一个卫兵去追杨皖育，自己掉过马头，策马奔到了白云森面前，和白云森一起，又往回走。

一路上到处倒卧着尸体和伤兵，离城越近，尸体和伤兵越多，黄泥路面被炸得四处是坑，路两边的许多刺槐被连根掀倒了。炮火还没停息，从城边的一个小山坡上飞出的炸弹呼啸着，不时地落在道路两旁，把许多簇拥在一起拼命奔突的士兵们炸得血肉横飞。一阵阵硝烟掠过，弥漫的硝烟中充斥着飞扬的尘土和浓烈的血腥味。

他心中一阵悲戚，进一步明白了什么叫焦土抗战。陵城已变成焦土了，眼下事情更简单，只要他被一颗炸弹炸飞，那么，他也就成了这马蹄下的一片焦土，也就抗战到底了。

他顾不得沿途的伤兵和死难者，一路往回赶，他知道这很险，却又不能不这样做。今夜这惨烈的一幕是他一手制造的，他又代行军长之职，如果他只顾自己逃命，定会被弟兄们耻笑的，日后怕也难以统领全军。不知咋的，在西关小学操场上对着弟兄们训话时，他觉着新二十二军已完全掌握在他手里了。他讲杨梦征时，就不由地扯到了自己。其实，这也不错，当年攻占县道衙门时，他确是一马当先冲在最头里的，当时他才十六岁。新二十二军是他和杨梦征共同缔造的，现在杨梦征归天了，他做军长是理所当然的。

到了方才越过的那个小土坡时，周浩先勒住了马，不让他再往前走了。他揣摸着日本人大概已进了城，再往前去也无意义了，这才翻身下马，拦住一群正走过来的溃兵：

"哪部分的？"

一个脸上嵌着大疤的士兵道：

"三一一师四八五旅的！"

他惊喜地问：

"打杨村的佯攻部队？"

"是的！一〇九一团！"

"你们旅冲出多少人？"

"冲出不少，快两点的时候，传令兵送信来，要我们随四八六旅向这方向打，我们就打出来了。"

"好！好！快跟上队伍，到赵墟子集合！"

"是！长官！"

溃兵们的身影刚消失，土坡下又涌来了一帮人。他近前一看，见是李兰、傅薇和军部的几个译电员。她们身前身后拥着手枪营的七八个卫兵，几个卫兵抬着担架。

他扑过去，拉住了李兰的手：

"怎么样？没伤着吧？"

"没……没！就是……就是傅薇的脚脖子崴了，喏，他们架着哩！"

"哦！我安排！你上我的马！快！早就叫你跟我走，你不听！"

李兰抽抽搭搭哭了。

他扶着李兰上了马，回转身，用马鞭指着担架问：

"抬的什么人？"

一个抬担架的卫兵道：

"军长！"

"什么军长？"

"就……就是杨军长哇！是周营长让我们抬的！"

周浩三脚两步走到他面前：

"哦，是我让抬的！"

他猛然举起手上的马鞭，想狠狠给周浩一鞭子，可鞭子举到半空中又落下了：

"都什么时候了，还抬着个死人！"

"可……可军长……"

他不理睬周浩，马鞭指着身边一个担架兵的鼻子命令道：

"把尸体放下，把傅小姐抬上去！"

抬担架的卫兵们顺从地放下了担架，一人抱头，一人提脚，要把杨梦征的尸体往路边的一个炮弹坑抬。

周浩愣了一下，突然"扑通"一声在他面前跪下了：

"白师长，求求你！你可不能这么狠心扔下咱军长！"

刚刚在马背上坐定的李兰也喊：

"云森，你……你不能……"

白云森根本不听。

"活人重要，还是死人重要？这简单的道理都不明白么！军长爱兵，你们是知道的，就是军长活着，他也会同意我这样做！"

周浩仰起脸，睁着血红的眼睛：

"傅小姐不是兵！"

傅薇挣开搀扶她的卫兵扑过来：

"白师长，我能走！你……你就叫他们抬……抬军长吧！"

白云森对傅薇道：

"你在我这里，我就要对你负责！这事与你无关，你不要管！"

说这话时，他真恨，恨杨梦征，也恨周浩，恨面前这一切人。他们不知道，这个叫杨梦征的老家伙差一点就把新二十二军毁了！而他又不好告诉他们，至少在完全摆脱日军的威胁之前，不能告诉他们。更可恨的是，死了的杨梦征竟还有这么大的感召力和影响力！难道他这一辈子都得生存在杨梦征的阴影下不成？就冲着这一点，他也不能再把这块可怕而又可恶的臭肉抬到赵墟子去。

"不要再啰嗦了，把傅小姐抬上担架，跑步前进！"

他推开周浩，翻身上了马，搂住了马上的李兰。

李兰在哭。

几个卫兵硬把傅薇抬上了担架。

杨梦征的尸体被放进了弹坑，一个卫兵把他身上滑落的布单重新拉好了，准备爬上来。

他默默望着这一切，狠下心，又一次命令自己记住，杨梦征死了！死了死了死了！从此，新二十二军将不再姓杨了。

不料，就在他掉转马头，准备上路的时候，周浩从地上爬起来，冲到弹坑边，跳下弹坑，抱起了杨梦征的尸体。

"周浩，你干什么？"

周浩把杨梦征的尸体搭到了马背上：

"我……我把军长驮回去！"

他无话可说了，恨恨地看了周浩一眼，在马屁股上狠抽了一鞭，策马跃上了路面。

这或许是命——他命中注定甩不脱那个叫杨梦征的老家伙。老家伙虽然死了，阴魂久久不散，他为了反正，又不得不借用他的名义。这样做，虽促成了他今夜的成功，却也埋下了日后的危机，脱险之后如不尽早把这一切公之于众，并上报长官部，只怕日后的新二十二军还会姓杨的。身为三一一师副师长的杨皖育势必要借这老家伙的阴魂和影响，把新二十二军玩之于股掌。

事情没有完结，他得赶在杨皖育前面和自己信得过的部下们密商，尽快披露事情真相，让新二十二军的幸存者们都知道真相。他不怕他们不信，他手里掌握着这个中将军长叛变投敌的确证。

也许还得流点血。也许同样知道事情真相的杨皖育会阻止他把这一切讲出来。也许他的三一二师和杨皖育的三一一师会火并一场。

他不禁打了个冷战，迫使自己停止了这充斥着血腥味的思索。

在这悲壮的突围中，倒下的弟兄难道还不够多么，自己在小白楼的会议厅里大难不死，活到了现在，难道还不够么？他还有什么理由再挑起一场自家弟兄的内部火并呢！不管怎么说，杨皖育是无可指责的，他在决定新二十二军命运的关键时刻站到了他这边，拼命帮他定下了大局。

他不能把他作为假设的对手。

天蒙蒙亮的时候,他在紧靠着界山的季庄子追上了杨皖育和四八七旅的主力部队,杨皖育高兴地告诉他,新二十二军三个旅至少有两千余人突出了重围。

他却很难过,跳下马时,淡淡地说了句:

"那就是说还有两千号弟兄完了?"

"是这样,可突围成功了!"

"代价太大了!"

东方那片青烟缭绕的焦土上,一轮滴血的太阳正在升起。那火红的一团变了形,像刚被刺刀挑开的胸膛,血腥的阳光迸溅得他们一脸一身。

"代价太大了!"

他又咕噜了一句,不知是对自己,还是对杨皖育,也不知是愧疚,还是艾怨。

太阳升起的地方依然响着零零星星的枪声。

下篇

十三

这村落名字很怪,叫蛤蟆尿。

村落不大,总共百十户人家,坐落在界山深处一个叫簸箕峪的山包包上。簸箕峪的山名地图上是有的,蛤蟆尿的村名却没有。杨皖育找到村中一个白须长者询问,也没问出个所以然。那白须长者说，打从老祖宗那阵子就叫蛤蟆尿了，如今还这么叫，地图上为啥偏没这泡尿，那得问画图的人。长者为偌大的一泡尿没能尿上官家的地图愤愤不平，打躬作揖，恳求杨皖育出山后，申报官家，在地图上给他们添上。杨皖育哭笑不得，好不容易才甩开了长者。不料，没屁大的工夫，那长者又在几个长袍瓜皮帽的簇拥下，气喘不歇地赶到军部驻扎的山神庙，口口声声要找方才那个白脸长官说话。杨皖育躲不掉，只得接见。长者和那帮长袍瓜皮帽们说新二十二军的士兵们抢他们的粮食，要求白脸长官作主。长者引经据典，大讲正义之师爱民保民的古训，杨皖育便和他们讲抗日救国要有力出力、有粮出粮的道理。双方争执不下，后来，杨皖育火了，拉过几个受伤的士兵，又指着自己吊起的胳膊对他们吼："我们抗日保民，身上钻了这么多窟窿，眼下没办法，才征你们一点粮食，再啰嗦，枪毙！"直到杨皖育拔出了手枪，长者和瓜皮帽们才认可了抗日救国的道理，乖乖退走了。他们走后，杨皖育想想觉着不妥，又交待手下的一个军需副官付点钱给村民们。

这是吃晚饭前的事。

吃过晚饭，杨皖育的心绪便烦躁不安了，他总觉着这地方不吉利，偌好的一个村落，为甚偏叫蛤蟆尿？难道好不容易才从陵城突出来的弟兄们又要泡到这摊尿里不成？昨天上午九点多赶到赵墟子时，他原想按计划在赵墟子住下来，休整一天。白云森不同意，说是占领了陵城的日军随时有可能追上来。白云森不容他多说，命令陆续到齐的部队疾速往这里撤，赵墟子只留下了一个收容队。到了这里，白云森便寻不着了，连吃晚饭时都没见着他。他怀疑白云森是不是掉在这摊尿里溺死了。

做军长的叔叔死了，一棵大树倒了，未来的新二十二军何去何从是个问题。昔日叔叔和白云森的不和，他是清楚的，现在对白云森的举动，他不能不多个心眼。白云森确是值得怀疑：他急于修复电台，想向长官部和中央禀报什么？如果是急于表功，那倒无所谓，如果……他真不敢想下去。

看来，叔叔的死，并没有消除他们之间的怨恨。突围途中的事情，他已听周浩说了。白云森要遗弃的决不仅仅是叔叔的尸体，恐怕还有叔叔的一世英名。如斯，一场新的混乱就在所难免，而新二十二军的两千多号幸存者们再也经不起新的混乱了。

他得向白云森说明这一点。

山神庙里燃着几盏明亮的粗芯油灯，烟蛾子在扑闪的火光中乱飞，他的脸膛被映得彤亮，心里却阴阴的。那不祥的预感像庙门外沉沉的夜幕，总也撩拨不开。快九点的时候，他想起了表妹李兰，叫李兰到村落里去找白云森。

李兰刚走，手枪营营长周浩便匆匆跑来了，他当即从周浩脸上看出了那不祥的征兆。

果然，周浩进门便报丧：

"杨副师长，怕要出事！"

"哦？！"

他心里"格登"跳了一下。

"白云森已和三一二师的几个旅、团长密商，说是军长……"

周浩的声音压得很低。

他明白了，挥挥手，让庙堂里的卫兵和闲杂人员退下。

"好！说吧！别躲躲闪闪的了！"

他在香案前的椅子上坐下来，也叫周浩坐下。

周浩不坐：

"杨副师长，白云森说军长确是下过一道投降命令，他要把命令公之于众。"

"听谁说的？"

"三一二师刘团长说的，刘团长和我是一拜的兄弟。刘团长嘱我小心，说是要出乱子。"

他怔了一下，苦苦一笑：

"说军长下令投降你信么？"

周浩摇摇头：

"我不信，咱军长不是那号人！"

"如果人家拿出什么凭据呢，比如说，真的弄出了一纸投降命令？"

"那也不信！我只信咱军长！命令能假造，咱军长不能假造！我周浩鞍前马后跟了军长这么多年，能不知道他么？"

他真感动，站起来，握住周浩的手：

"好兄弟，若是两个师的旅、团长们都像你这样了解军长，这乱子就出不了了！新二十二军的军旗就能打下去！"

周浩也动了感情，按着腰间的枪盒说：

"我看姓白的没安好心！想踩着军长往上爬，他对刘团长说过：从今开始新二十二军不姓杨了！不姓杨姓啥？姓白么？就冲着他这忘恩负义的德性，也配做军长么？婊子养的，我……"

他打了个手势，截断了周浩的话头：

"别瞎说，情况还没弄明白哩！"

"还有啥不明白的？刘团长是我一拜的二哥，从不说假话，我看，为军长，咱得敲掉这个姓白的！杨大哥，只要你点一下头，我今夜就动手！"

他怔了一下，突然变了脸，拍案喝道：

"瞎说啥！白师长即便想当军长，也不犯死罪！没有他，咱能突得出来么？"

"可……可是，他说军长……"

周浩脸上的肌肉抽颤着，脸色很难看。

他重又握住周浩的手，长长叹了口气：

"好兄弟！你对军长的情义，我杨皖育知道！可军长毕竟殉国了，新二十二军的军旗还要打下去！在这种情势下，咱们不能再挑起一场流血内讧呀！"

周浩眼里汪上了泪：

"杨大哥，你心肠太软了，内讧不是咱要挑的，是人家要挑的，你不动手，人家就要动手，日后只怕你这个副师长也要栽在人家手里！人家连军长的尸身都不要，还会要你么？！杨大哥，你三思！"

他扶着周浩的肩头：

"我想过了，新二十二军能留下这点种，多亏了白师长，新二十二军可以没有我，却不能没有白云森！"

周浩睁着血红的眼睛瞪着他：

"你……你还姓杨么？！还是杨梦征的亲侄子么？"

"周营长，不要放肆！"

"你说！"

他不说。

周浩怔了半天，突然阴阴地笑了起来：

"或许军长真的下过投降命令吧？"

这神态，这诘问把他激怒了，他抬手打了周浩一个耳光：

"混账！军长愿意投降当汉奸还会自杀么？他是被逼死的！是为

了你我，为了新二十二军，被人家逼死的！"

周浩凝目低吼：

"军长为咱们而死，咱们又为军长做了些啥？军长死了，还要被人骂为汉奸，这有天理么？！"

他摇了摇头，木然地张合着嘴唇：

"白师长不会这样做！我去和他说，他会听的。这样做对大家没有好处，他是明白人。"

"如果他狗日的不听呢？"

"那，我也做到仁至义尽了，真出了什么事，我就管不了了。"

周浩脸一绷：

"好！有你这句话就行了！日后，谁做军长我管不了，可谁他妈败坏杨梦征军长的名声，老子用盒子枪和他说话！"

周浩说毕，靴跟响亮地一碰，向他敬了个礼，转过身子，"咔嚓、咔嚓"，有声有色地走了。

他目送着周浩的背影，直到他走出了大门，走下了庙前的台阶，才缓缓转过脸，去看香案上的油灯。

灯蛾子依然在火光中扑闪着，香案上布满星星点点的焦黑，像趴着许多苍蝇。跃动的灯火把他的身影压到了地上，长长的一条，显得柔弱无力。

他不禁对自己的孤影产生了深深的爱恋和凄怜。

"蛤蟆尿，该死的蛤蟆尿！"

他自语着，眼圈潮湿起来。

发现自己的柔弱是桩痛苦的事情，而这发现偏又来得太晚了，这更加剧了发现者的痛苦。叔叔活着的时候，他从没感到自己无能。他的能力太大了，路子太顺了，二十二岁做团副，二十四岁做团长，二十八岁行一旅之令,三十四岁就穿上了少将军装,以副师长的名义,使着师长的权柄。新二十二军上上下下,一片奉承之声,好像他杨皖育天生就是个将才,是天上的什么星宿下凡似的。他被大树底下的那帮猢狲们捧昏了头,便真以为自己很了不得,少将副师长当得毫不羞惭。如今,大树倒了,他得靠自身的力量在风雨中搏击了,这才发现,自己是那么不堪一击;这才知道,自己生命的一部分是依附在叔叔这棵大树上的。大树倒下的时候,他的那部分生命也无可奈何地消失了。

细细回想一下,他还感到后怕:从陵城的军部小白楼到现在置身的蛤蟆尿,他真不知道是怎么走过来的。

那夜,雪铁龙突然把他接到军部,他看到了躺在血泊中的叔叔,看到了叔叔留下的投降命令。他惊呆了,本能地抗拒着这严酷的事实,既不相信叔叔会死,更不相信叔叔会下投降命令。有一瞬间,他怀疑是毕元奇和许洪宝害死了叔叔。后来,毕元奇拿出了一份份令人沮丧的电报,说明了叔叔自毙的原委,他才不得不相信,一切都是可能的。叔叔在孤立无援的情况下,为了城池和百姓,为了新二十二军的五千残部,完全可能下令投降。这样做合乎他爱兵的本性,他与生俱存的一切原都是为了新二十二军。自毙也是合乎情理的,他签署了投降命令,自己又不愿当汉奸,除了一死,别无出路。他的死实则透着一种献身国难的悲壮,非但无可指责,反而令人肃然起敬。

然而,肃然的敬意刚刚升起,旋又在心头消失了。他想到了自己,想到了新二十二军的未来——难道他真的得按叔叔的意愿,投降当汉奸么?他不能。三一一师的官兵们也不会答应。毕元奇和许洪宝的答案却恰恰相反,他们手持叔叔的投降命令,软硬兼施,逼他就范。他的柔弱在那一刻便显现出来。他几乎不敢做任何反抗的设想，只无力地申辩了几句，便认可了毕元奇耻辱的安排。当时，他最大胆的奢望只是，在接受改编之后，辞去伪职，躲到乡下。

不曾想，毕元奇一伙的周密计划竟被白云森一举打乱了，白云森竟然在决定新二十二军命运的最后一瞬拔出了勃朗宁，强悍而果决地扣响了枪机，改变了新二十二军的前途。

当白云森用枪威逼着毕元奇时，他还不相信这场反正会成功。他内心里紧张得要死，脸面上却不敢露出点滴声色。这既透出了他的柔弱，也印证了他的聪明。后来，白云森手中的勃朗宁一响，毕元奇、许洪宝一死，他马上明白自己该站在什么位置上了。他毫不迟疑地扑了上去，在胜利的一方压上了决定性的砝码。

这简直是一场生命的豪赌。他冲着白云森的一跃，是大胆而惊人的。倘或无此一跃，白云森或许活不到今天，他和新二十二军的幸存者们肯定要去当汉奸的。

然而，这一跃，也留下了今日的隐患。

他显然不是白云森的对手。白云森的对手是叔叔，是毕元奇，而不是他。和白云森相比，他的毛还嫩，如果马上和白云森摊牌，失败的注定是他。聪明的选择只能是忍让，在忍让中稳住阵脚，图谋变化。他得忍辱负重，用真诚和情义打动白云森铁硬的心，使得他永远忘掉叔叔的那张投降命令，维护住叔叔的一世英名。只要能做到这一点，他就获得了大半的成功，未来的新二十二军说不准还得姓杨。叔叔的名字意味着一种权威，一种力量，只要叔叔的招牌不被砸掉，一切就都可能产生变化。从陵城到这里的一切已经证明了这一点，未来的历史还将证明这一点。

他打定主意，马上和白云森谈谈，把新二十二军交给他，让他在满足之中忘却过去。

一扫脸上的沮丧和惶惑，他扶着落满灯蛾子的香案站了起来，唤来了三一一师的两个参谋，要他们再去找找白云森。

十四

白云森显得很疲惫，眼窝发青，且陷下去许多；嘴唇干裂泛白，像抹了层白灰。他在破椅上一坐下，就把军帽脱下来，放到了香案上。杨皖育注意到，他脑袋上的头发被军帽箍出了一道沟，额头上湿漉漉的。他一口气喝了半茶缸水，喝罢，又抓起军帽不停地扇风。杨皖育想，这几小时，他一定忙得不轻，或许连水也没顾得上喝。

"电台修好了吗？"

他关切地问。

"没有，这帮窝囊废，一个个该枪毙！"

白云森很恼火。

"李兰呢？见到了么？我让她找你的。"

"见到了，在东坡上，我安排了她和那个女记者歇下了。"

"那么，咱们下一步咋办？"

白云森对着油灯的灯火，点燃了一支烟，美美地吸了一口：

"我看，得在这儿休整一两天，等电台修好，和长官部取得联系后，再确定下一步的行动，你看呢？"

他笑了笑：

"我听你的！"

白云森心满意足地喷了口烟，又问：

"赵墟子的收容队赶到了么？"

他摇摇头。

白云森拍了下膝头：

"该死，若是今夜他们还赶不到，咱们就得派人找一找了！说不准他们是迷了路。"

"也许吧！"

过了片刻，白云森站了起来，在香案前踱着步：

"皖育，明天，我想在这里召集营以上的弟兄开个会，我想来想去，觉着这会得开一开。"

他本能地警觉起来，眼睛紧盯着白云森掩在烟雾中的脸庞，似乎很随便地道：

"商量下一步的行动计划么？"

"是的，得商量一下！不管电台修好修不好，能不能和长官部取得联系，我们都要设法走出界山，向黄河西岸转进。自然，陵城突围的真相，也得和弟兄们讲一下的。"

他的心吊紧了：

"你的意思我不太明白，真相？什么真相？两千余号弟兄冲出来了，新二十二军的军旗还在咱手中飘，这不就是真相么？"

"不对呀，老弟！"白云森踱到香案的一头，慢慢转过身子，"这不是全部真相。新二十二军的军旗至今未倒，是因为有你我的反正，没有你我，新二十二军就不存在了。这一点你清楚。你叔叔杨梦征的命令，你看过，命令现在还在我手上，你我都不能再把这个骗局遮掩下去了！"

白云森踱到他面前，手搭在他肩上，拍了拍他的肩头。

他将那只手移开了，淡淡地道：

"有这个必要吗？事情已经过去了，翻旧账能给你我和新二十二军带来什么好处呢？再说，当初假话也是你讲的，并不是我讲的！"

"这不是突围的需要嘛！不客气地讲，皖育，你要学着点！"

他软软地在椅子上坐下了：

"明白了，今天我算明白了！"

白云森的手再次搭到他肩头上：

"皖育，我这不是冲着你来的！没有你，就不会有咱们今儿个突围的成功，也没有我白某人的这条性命！这些，我都记着哩，永生永世也不会忘！可我眼里容不得沙子，我不能不道出真相！"

他挺难受，为自己的军长叔叔，也为白云森。

"白师长，你再想想，我恳求你再想想！这样做对你我，对新二十二军究竟有多少好处？宣布军长是叛将，长官部和中央会怎么看？幸存的弟兄们会怎么看？"

"杨梦征叛变，与你我弟兄们无涉，况且，我们又施行了反正，没有背叛中央，重庆和长官部都不能加罪我们，至于军中的弟兄……"

"军中的弟兄们会相信吗？假话是你说的，现在，你又来戳穿它，这会不会造成混乱？酿发流血内讧？你也知道的，叔叔在军中的威望很高，我们反正突围，也不得不借重他的影响和名声！"

白云森激动地挥起了拳头：

"正因为如此，真相才必须公布！一个叛将的阴魂不能老罩在新二十二军队伍上！"

他这才明白了白云森的险恶用心：他急于公布真相，是为了搞臭叔叔，打碎关于叔叔的神话，建立自己的权威。怪不得叔叔生前对此人高看三分，也防范三分，此人确是不凡，是一个有头脑的政治家。他想到的，白云森全想到了，他没想到的，只怕白云森也想到了。他真后悔：当初他为啥不设法乘着混乱把叔叔签署的命令毁了？！现在，事情无法挽回了。

然而，这事关乎叔叔一生的荣辱，也关乎他日后的前程，他还是得竭尽全力争一争。

"白师长，你和叔叔的恩恩怨怨，我多少知道一些，你这样做，不能说没有道理。可如今，他毕竟死了，新二十二军眼下掌握在你手里的，新二十二军现在不是我叔叔杨梦征的了，今儿个是你白云森的了，你总不希望弟兄们在你手里发生一场火并吧？！"

他这话中隐含着忍让的许诺，也夹杂着真实的威胁。

"我杨皖育是抗日军人，为国家，为民族，我不能当汉奸，所以我支持你反正。可我还是杨梦征的亲侄子，我也得维护一个长辈的名声！我求你了，把那个命令忘掉吧！过去，我听你的，往后我还听你的！"

他的声音有些哽咽。

白云森呆呆在他面前立着，半晌没作声。

"咱新二十二军没有一万五六千号兵马了，再也经不起一场折腾了！白师长，你三思！"

白云森嘴唇动了动，想说什么，又没说出来，铁青的脸膛被灯火映得亮亮的，额头上的汗珠缓缓向下流。

显然，这事对白云森也并不轻松。

沉默了好半天，白云森才开口了：

"皖育，没有你，我在小白楼的会议厅就取义成仁了，新二十二军的一切你来指挥！但是，事情真相必须披露！我不能看着一个背叛国家、背叛民族的罪人被打扮成英雄而受人敬仰！我，还有你，我们都不能欺骗历史、欺骗后人啊！"

白云森棋高一着，他杨皖育施之以情义，白云森便毫不吝啬地还之以情义，而且，还抬出了历史。历史是什么东西！历史不他妈的就是阴谋和暴力的私生子么？

敢这样想，却不敢这么说，他怕激怒面前这位顽强的对手。这个对手曾经使无所不能的叔叔惧怕三分，曾经一枪击碎毕元奇的周密阴谋，他得识趣。

"这么说，你非这么做不可了？"

白云森点点头：

"不是我，而是我们！我们要一起这样做！杨梦征下令投降，是杨梦征的事，与你有什么关系！你参加了反正，还在反正中流了血，理应得到应有的荣耀！"

好恶毒！

他进一步看出了白云森的狡诈，这家伙扯着他，决不是要他去分享什么荣耀，而是要借他来稳住三一一师，稳住那些忠于叔叔的军官，遏制住可能发生的混乱。看来，周浩的报告是准确的，为这场摊牌的会议，白云森进行了周密的布置。

他被耍了——被昨日的盟友，今日的对手轻而易举地耍了。

他羞怒难当，憋了好半天，才闷闷地道：

"既然你铁下心了，那你就独自干吧！我再说一遍：我是抗日军人，也还是杨梦征的亲侄子，让我出来骂我叔叔是汉奸，我不干！"

白云森阴阴地一笑，讥问道：

"你就不怕在会上发生火并？"

他无力地申辩道：

"真要发生火并，我也没办法！该……该说的，我都向你说了……"

白云森手一挥：

"好！那明天的会我负责！谁敢开枪，叫他冲我来！可你老弟必须到会，话由我白某人来说！"

他无可奈何地被白云森按入了精心布置好的陷阱，就像几天前被毕元奇按进另一个陷阱一样。这一回只怕没有什么人能帮他挽回颓局了。

他再一次觉察到了自己的柔弱无能。

接下来，白云森又和他谈起了下一步的西撤计划和电台修好后，须向中央和长官部禀报的情况，快一点的时候，他才和白云森一起在大庙临时架起的木板床上和衣歇下。白云森剥夺了他最后的一点机会，他连和手下的部属见见面商量一下的可能都没有了。

昏头昏脑快睡着的时候，他想起了周浩。明晨要开的是营以上军官会议，周浩是手枪营营长，他要到会的。如果周浩在会上拔出了枪，只怕这局面就无法收拾了，闹不好，自己的性命也要搭进去。尽管他并没有指使周浩如此行事，可周浩和他们杨家的关系，新二十二军是人所共知的，只要周浩一拔枪，他就逃不脱干系了。

忧上加惊，这一夜他根本没睡着。

十五

渐渐白亮起来的天光夹杂着湿漉漉的雾气，从没掩严的门缝里，从屋檐的破洞下渗进了大庙，庙里残油将尽的灯火显得黯然无色了。光和雾根本无法分辨，白森森，一片片，在污浊的空气中鼓荡，残留在庙内的夜的阴影，一点点悄然遁去。拉开庙门一看，东方的日头也被大雾吞噬了，四周白茫茫的，仿佛一夜之间连那莽莽群山也化作雾气升腾在天地间了。

　　好一场大雾！杨皖育站在被露水打湿的石台上，悲哀地想，看来天意就是如此了，老天爷也在帮助白云森。白云森决定今天休整，山里山外便起了一场大雾，日本人的飞机要想发现隐匿在雾中的新二十二军是万难了。决定未来的会议将在一片迷雾之中举行，他自己也化作了这雾中的一团。他不开口讲话，三一一师的部属们就不会行动，而他若是奋起抗争，就会响起厮杀的枪声。白云森是做了准备的，他只能沉默，只能用沉默的白雾遮掩住一个个狰狞的面孔。然而，只要活下去，机会总还有。这一次是白云森，下一次必定会是他杨皖育。一场格杀的胜负，决定不了一块天地的归属，既然天意决定白云森属于今天，那么，他就选择明天吧！

　　为了明天，他不能不提防周浩可能采取的行动。吃过早饭，他和白云森商量了一下，派周浩带手枪营二连的弟兄沿通往赵墟子的山路去寻找收容队。

　　白云森对这安排很满意。

　　九点多钟，营以上的军官大部到齐了，大庙里滚动着一片人头。《新新日报》的女记者傅薇也被搀来了，手里还拿着小本本和笔，似乎要记点什么。他起先很惊诧，继而便明了了：这是白云森又一精心安排。白云森显然不仅仅想在军界搞臭叔叔，也要在父老乡亲面前搞臭他。在陵城，白云森一口答应带上这个女记者，只怕就包藏着祸心。

　　大多数与会的军官并不知道马上要开的是什么会。他们一个个轻松自在，大大咧咧，彼此开着玩笑，骂着粗话。不少人抽着烟，庙堂里像着了火。

　　大门外是十几个手枪营的卫兵，防备并不严密，与会者的佩枪也没缴，这是和陵城的小白楼军事会议不同的。由此也可以看出，白云森对会议的成功胸有成竹。

快九点半的时候，白云森宣布开会，他把两只手举起来，笑呵呵向下压了压，叫与会者们都找个地方坐下来。庙堂里没有几把椅子，大伙儿便三个一伙，五个一堆，席地而坐。那女记者，白云森倒是特别地照顾，他自己不坐，倒把一把椅子给了她。

他坐在白云森旁边，身体正对着大门，白云森的面孔看不到，白云森的话语却字字句句听得真切。

"弟兄们，凭着你们的勇气，凭着你们不怕死的精神头儿，咱新二十二军从陵城坟坑里突出来了！为此，我和杨副师长向你们致敬！"

白云森两腿一并，把手举到了额前。

他也站起来，向弟兄们行礼。

"有你们，就有了咱新二十二军。不要看咱今个儿只有两千多号人，咱们的军旗还在嘛，咱们的番号还在嘛，咱们还可以招兵买马，完全建制，还会有一万五、两万五的兵员！"

响起了一片掌声。

"胜败乃兵家常事，胜不能骄，败不能馁，更不能降！今日，本师长要向众位揭穿一个事实：在陵城，在我新二十二军生死存亡的紧要关头，在民族需要我们握枪战斗的时候，有一个身居高位的将军，竟下令让我们投降！"

白云森果真不凡，竟如此诚恳自然地把紧闭的天窗一下子捅亮了。

庙堂里静了一阵子，继而，嗡嗡吟吟的议论声响了起来。白云森叉腰立着，并不去制止。

四八四旅的一个副旅长跳起来喊：

"这个将军是谁，是不是长官部的混蛋？咱们过了黄河，就宰了这个龟孙！"

"对，宰了这个王八蛋！"

"宰了他！"

"宰了他！"

可怕的仇恨情绪被煽惑起来了。他仰起头，冷眼瞥了瞥白云森，一下子捕捉到了白云森脸上那掩饰不住的得意，尽管这得意一现即逝。

白云森又举起了手，向下压了压：

"诸位，这个将军不在长官部，就在咱们新二十二军！知道这件事的人并不多，我是一个，杨副师长是一个。我们昨晚商量了一下，觉着真相必须公布。我说出来，诸位不要吃惊。这个下令投降的将军就是我们的军长杨梦征。"

简直像一锅沸油里浇了瓢水，会场乱了套。交头接耳的议论变成了肆无忌惮的喧叫，三一一师的杨参谋长和几个军官从东墙角的一团中站了出来，怒目责问：

"白师长，你说清楚，军长会下这混账命令么？"

"你不说命令是毕元奇、许洪宝伪造的么？"

"你他妈的安的什么心？"

"说！不说清楚，老子和你没完！"

杨参谋长已拔出了枪。

那些聚在杨参谋长身边的反叛者们也纷纷拔枪。

情况不妙，白云森的亲信，三一二师的刘参谋长率着十几个效忠白云森的军官们，冲到香案前，把他和白云森团团围住了。

情势一下子很难判断，闹不清究竟有多少人相信白云森的话，有多少人怀疑白云森的话；更闹不清究竟是过世的军长叔叔的影响大，还是白云森的魔力大。但有一点是清楚的：新二十二军确有相当一批军官和周浩一样，是容不得任何人污辱他们的军长的。

他既惊喜，又害怕。

白云森大约也怕了，他故作镇静地站在那里，搭在腰间枪套上的手微微抖颤，似乎还没拿定拔不拔枪的主意。他紧绷的嘴角抽颤得厉害，他从白云森腋下斜望过去，能看到他泛白的嘴唇灰蛾似的动。

心中骤然掠过一线希望：或许今天并不属于白云森，而属于他？或许他过高地估计了白云森的力量和影响？

会议已经开炸了，那就只好让它炸掉了！反正应该承担罪责的不是他杨皖育。直到现刻儿，他还没说一句话呢！白云森无可选择了，他却有从容的选择余地。如若白云森控制了局势，他可以选择白云森；倘或另外的力量压垮了白云森，他自然是那股力量的领袖。

真后悔，会场上少了周浩……

没料到，偏在这剑拔弩张的时候，那个女记者清亮的嗓音响了起来。他看到那贱女人站到椅子上，挥起了白皙而纤弱的手臂：

"弟兄们，住手！放下枪！都放下枪！你们都是抗日军人，都是咱陵城子弟，你们的枪口怎么能对着自家弟兄呢？你们有什么话不可以坐下来好好商量？！我……我代表陵城父老姐妹们求你们了，你们都放下枪吧！放下枪吧！我求你们了，求你们了……"

没想到，一个女人的话语竟有这么大的影响力，一只只握枪的手在粗鲁的咒骂声中缩回去了。他真失望，真想把那个臭女人从椅子上揪下来揍一顿，这婊子，一口一个陵城，一口一个父老乡亲，硬把弟兄们的心叫软了。

白云森抓住了这有利的时机,率先取出枪摔到香案上:

"傅小姐说得对,和自家兄弟讲话是不能用枪的!今日这个会,不是小白楼的会,用不着枪,弟兄们若是还愿意听我白云森把话讲完,就把枪都交了吧!不交,这会就甭开了!三一二师的弟兄们先来交!"

三一二师的军官们把枪交了,杨参谋长和三一一师的人们也一个个把枪交了,卫兵们把枪全提到了庙堂外面。

那女记者站在椅子上哭了,一连声地说:

"谢谢!谢谢你们!陵城的父老乡亲谢谢你们!"

他恶狠狠地盯了她一眼,别过了脸。

会议继续进行。

白云森重新恢复了信心,手扶着香案,接着说:

"我说杨梦征下令投降,不是没有根据的,我刚才说了,杨副师长知道内情,你们当中参加过小白楼会议的旅、团长们也清楚,没有杨副师长和我,新二十二军今日就是汪逆的和平建国军了!诸位不明内情,我不怪罪,可若是知道了杨梦征通敌,还要和他站在一道,那就该与通敌者同罪了!诸位请看,这就是杨梦征通敌的确证!这是他亲手拟就的投降命令!"

白云森从口袋里掏出了命令,摊开抚平,冷酷无情地展示着。几十双眼睛盯到纸片上。

"诸位可以传着看看,我们拥戴一个抗日的军长,却不能为一个叛变的将军火并流血!"

话刚落音,三一一师的一个麻脸团长冲了上来:

"我看看!"

白云森把命令给了他，不料，那麻脸团长根本没看，三下两把把命令撕了，边撕边骂：

"姓白的，你狗日的真不是玩意！说军长殉国的是你，说他通敌的还是你！你狗日的想蒙咱爷们，没门！爷们……"

白云森气疯了，本能地去摸枪，手插到腰间才发现，枪已交了出去。他把摸枪的手抬了起来，对门外的卫兵喝道：

"来人，给我把这个混蛋抓起来！"

冲进来几个卫兵，把麻脸团长扭住了。

麻脸团长大骂：

"婊子养的白云森！弟兄们不会信你的话的！你狗日的去当汉奸，军长也不会去当汉奸！你……你今日不杀了老子，老子就得和你算清这个账！"

卫兵硬将麻脸团长拖出了庙堂。

白云森又下了一道命令：

"手枪营守住门口，不许任何人随便进出，谁敢扰乱会议，通通抓起来！"

白云森奇迹般地控制了局面。

三一二师的刘参谋长把被撕坏的命令捡了起来，放到了香案上，拼成一块，白云森又指着它说：

"谁不相信我的话，就到前面来看看证据！我再说一遍，杨梦征叛变是确凿的，我们不能为这事火并流血！"

随后，白云森转过身子，低声对他交待了一句：

"皖育，你和刘参谋长掌握一下会场，我去去就来！"

他很惊诧，闹不清白云森又要玩什么花招。他站起来，想拉住白云森问个明白，不料，白云森却三脚两步走出了大门。这时候，一些军官们拥到香案前看命令，他撇开他们，警觉地盯着白云森向门口走了两步，眼见着白云森的背影急速消失在台阶下。

怕要出事。

四八五旅副旅长赵傻子向他发问：

"杨副师长，白师长说，你是知晓内情的，我们想听你说说！"

"噢！可以！可以！"

肯定要出事！

他又向前走了两步，焦灼的目光再次捕捉到了白云森浮动在薄雾中的脑袋，那只脑袋摇摇晃晃沿着台阶向山下滚。

"军长的命令会不会是毕元奇伪造的？"

"这个……唔……这个么，我想，你们心里应该清楚！"

那个摇晃的脑袋不动了。

他走到门口，扶着门框看见白云森在撒尿，这才放了心。

恰在这时，不知从哪里冒出了一个提驳壳枪的人，从台阶一侧靠近了白云森。

他突然觉着那身影很熟悉。

是周浩！他差点儿叫出来。

几乎没容他做出任何反应，周浩手中的枪便响了，那只悬在半空中的骄傲的脑袋跌落了。在那脑袋跌落的同时，周浩的声音飘了过来：

"姓白的，这是你教我的：一切为了军长！"

声音隐隐约约，十分恍惚。

他不知喊了句什么，率先冲出了庙门，庙堂里的军官们也随即冲了出来。

杨参谋长下了一道什么命令，卫兵们冲着周浩开了枪，子弹在石头上打出了一缕缕白烟。

却没击中周浩。周浩跳到一棵大树后面，驳壳枪对着他和他身后的军官们：

"别过来！"

他挥挥手，让身后的军官们停下，独自一人向台阶下走。他看见白云森歪在一棵酸枣树下，胸口已中了一枪。

"周浩，你……你怎么能……"

"站住，你要过来，老子也敲了你！"

"你……你敢！你敢开……开枪！"

他边走边讷讷地说，内心却希望周浩把枪口掉过去。

周浩真善解人意，真是好样的！他把枪口对准了白云森。

他看见白云森挣扎着想爬起来，耳里飞进了白云森绝望的喊声：

"周浩，你……你错了！我……我白云森内心无……无愧！历……历史将证明！"

周浩手里的枪又连续炸响了，伴着子弹射出的，还有他恶毒的咒骂：

"去你妈的历史吧！历史是他妈的能当饭吃，还是能当屎操？！"

白云森身中数弹，烂泥似的瘫倒了，倒在一片铺着败草腐叶的山地上。地上很湿，那是他临死前撒的尿。尿骚味、血腥味和硝烟味混杂在一起，烘托出了一个铁血英雄的真切死亡。

死亡的制造者疯狂大笑着，仰天长啸：

"军长！姓白的王八蛋死了！死了！我替你把这事说清了！军长……军长……我的军长……"

周浩将枪一扔，跪下了……

谁也没料到，会议竟以这样的结局而告终，谁也没想到周浩会在执行任务的途中溜回山神庙，闹出这一幕。连杨皖育也没想到。而没死在陵城的白云森因为一泡尿在这里了却了悲壮的一生，更属荒唐。

时也。命也。

其时其命，使白云森精心布置的一切破产了。下令押走周浩之后，杨皖育把那张已拼接起来的命令再次撕碎。纸片在空中飘舞的时候，他对身后那群不知所措的军官们说：

"谁也没看到军长下过这个命令，我想，军长不会下这种命令的，白师长猜错了！可我们不能怪他，谁也不能怪他！没有他，我们突不出陵城！好……好了！散了吧！"

他弯下腰，亲自将白云森的尸体抬到了台阶上，慢慢放下，又用抖颤的手抹下了他尚未合拢的眼皮。

十六

周浩被关押在簸箕峪南山腰上的一个小石屋里，这是手枪营二连郑连长告诉他的。郑连长跪在他面前哭，求他看在周浩对军长一片忠心的情分上，救周浩一命。他想了半天，一句话没说，挥挥手，叫郑连长退下。

中午，他叫伙夫杀了鸡，炒了几样菜，送给周浩，自己也提着一瓶酒过去了。

他在石屋里一坐下，周浩就哭了，泪水直往酒碗里滴：

"杨大哥，让你作难了！可……可我没办法！军长对我恩重如山，我不能对不起军长哇！"

"知道！我都知道！来，喝一碗，我替叔叔谢你了！"

周浩顺从地喝了一大口。

"杨大哥，你们要杀我是不是？"

他摇摇头：

"没，没那事！"

周浩脸上挂着泪珠笑了：

"我知道你要保我的！白云森死了，新二十二军你当家，你要保我还保不下么？"

"保得下！自然是保得下的！"

他似乎挺有信心。

"啥时放我？"

"得等等，得和刘参谋长和三一二师的几个人商量定！"

周浩把筷子往桌上一放：

"咱们不能把他们全收拾了么？！这帮人都他妈的只认白云森，不认军长，咱们迟早总得下手的！"

他叹了口气：

"老弟，不能这么说呀！咱新二十二军是抗日的武装，要打鬼子，不能这么内讧哇！来，喝酒，说点别的！"

自然而然谈起了军长。

"杨大哥，我和军长的缘分，军长和你说过么？"

"啥缘分？"

"民国八年春里，咱军长在陵城独立团当团长的时候，每天早晨练过功，就到我家开的饭铺喝辣汤。那时我才十岁，我给军长盛汤、端汤……"

"噢，这我知道的，你家那饭铺在皮市街西头，正对着盛记洋油店，对么？"

"对，我也见过你，有时军长喝汤也带你来，那年你也不过十五六岁吧？正上洋学堂，也喜好练武，穿着灯笼裤，扎着绸板带，胸脯儿一挺一挺的，眼珠子尽往天上翻。"

他酸楚地笑了：

"是么？我记不起了！"

周浩蹲到了凳子上：

"我可都记着哩！军长喝完汤，就用胶粘的手拍我的脑瓜，夸我机灵，说是要带我去当兵！我娘说：好儿不当兵。军长也不恼，军长说：好儿得当兵，无兵不能护国。"

"我倒忘了，你是哪年跟上我叔叔的？"

"嘿！军长当真没和你说过我的事么？你想想，独立团是民国九年秋里开拔到安徽去的，当时，我就要跟军长走的，军长打量了我半天，说：'来，掏出鸡巴给我看看。'"

"你掏了？"

"掏了。军长一看，说：'哟！还没扎毛么，啥时扎了毛再来找我！'我又哭又闹，军长就给我买了串糖葫芦。军长走后，有一年春上，我瞒着爹娘，揣着两块袁大头颠了，找了十个月，才在山东地界找到了军长。"

"那是哪一年？"

"民国十五年！那当儿咱军长扯着冯玉祥国民军的旗号，已升旅长喽！"

"那年，我还没到叔叔的旗下吃粮哩！我是民国十六年来的。"

"噢，那你就不知道了。我找到了旅部，把门的不让我进，把我疑成叫化子了。我硬要进，一个卫兵就用枪托子砸我。我急了，大叫：'你们狗日的替我禀报杨旅长，就说陵城周记饭铺有人奔他来了！扎毛了，要当兵！'"

"有趣！我叔叔还记得扎毛不扎毛的事么？"

"记得，当然记得！军长正喝酒，当下唤我进来，上下看了看，拍了拍我的脑瓜：'好小子，有骨气，我要了！'打那以后，我就跟了军长，一直到今天。军长对我仁义，我对军长也得仁义，要不，还算个人么？！"

"那……那是！那是！来，喝，把……把这碗干了！"

"干！干！"

"好！再……再满上！"

他不忍再和周浩谈下去，只一味劝酒，待周浩喝得在凳子上蹲不住了，才说：

"打死了白师长，新二十二军你……你不能呆了，你得走！"

周浩眼睛充血，舌头有点发直：

"走？上……上哪去？"

"随便！回陵城老家也行，到重庆、北平也罢，反正不能留在军中！"

"行！我……我听你的！你杨……杨大哥有难处，我……我知道，我不……不拖累你，啥……啥时走？"

他起身走到门口，对门外的卫兵使了个眼色，卫兵会意地退避了。

他回到桌前，掏出一叠现钞放在桌上：

"现在就走，这些钱带上，一脱身就买套便衣换上，明白么？"

"明……明白！"

"快！别磨蹭了，被刘参谋长他们知道，你就走不脱了！"

"噢！噢！"

周浩手忙脚乱地把钱装好，又往怀里揣了两个干馍。

"那……那我走了！"

"废话，不走在这儿等死？！一直向前跑，别回头！"

周浩冲出门，跑了两步，又在院中站住，转身跪下了：

"杨大哥，保……保重！"

他冲到周浩面前，拖起了他："快走！"

周浩跌跌撞撞出了院门，沿着满是枯叶的坡道往山下跑，跑了不过十七八步样子，他拔出手枪，瞄准了周浩宽厚的背脊。

枪在手中爆响了，一阵淡蓝的烟雾在他面前升腾起来，烟雾前方一个有情有义的汉子倒下了。

手枪落在了地上，两滴浑浊的泪珠从他的眼眶里滚了出来……

他没有办法。刘参谋长和三一二师的众多官兵坚持要处决周浩，就连三一一师的一些忠于杨梦征的旅、团长们，也认为周浩身为军部手枪营营长向代军长开枪，罪不容赦。他们这些当官的日后还要带兵，他们担心周浩不杀，保不准某一天他们也会吃哪个部下一枪。他要那些军官部属，要新二十二军，就得这么做，这是无可奈何的事。

十七

两个墓坑掘好了，躺在棺木中的杨梦征和白云森被同时下葬了，簸箕峪平缓的山坡上耸起了两座新坟。无数支型号口径不同的枪举过了头顶，火红的空中骤然爆响了一片悲凉而庄严的枪声。山风呜咽，黄叶纷飞，肃立在秋日山野上的新二十二军的幸存者们，隆重埋葬了他们的长官，也埋葬了一段他们并不知晓的历史。杨皖育站在坟前想：历史真是个说不清的东西，历史的进程是在黑暗的密室中被大人物们决定的，芸芸众生们无法改变它，他们只担当实践它、推进它或埋葬它的责任，过去是这样，现在是这样，未来也许还是这样。然而，作为大人物们却注定要被他们埋葬，就像眼下刚刚完成的埋葬一样。这真悲哀。

夕阳在远方一座叫不出名的山头上悬着，炽黄一团，热烈火爆，把平缓的山坡映衬得壮阔辉煌，使葬礼蒙上了奢侈的色彩。两千多名士兵像黑压压一片树桩，参差不齐地肃立着，覆盖了半个山坡。士兵们头发蓬乱，满脸污垢，衣衫拖拖挂挂，已不像训练有素的军人。他们一个个脸膛疲惫不堪，一双双眼睛迷惘而固执，他们的伤口还在流血，记忆似乎还停留在激战的陵城。他们埋葬了新二十二军的两个缔造者，却无法埋葬心中的疑团和血火纷飞的记忆。

他却要使他们忘记。陵城的投降令不应该再被任何人提起，它根本不存在。那个叫杨梦征的中将军长，过去是抗日英雄，未来还将是抗日英雄。而白云森在经过今日的显赫之后，将永远消声匿迹。他死于毫无意义又毫无道理的成见报复。真正拯救了新二十二军的是他杨皖育，而不是白云森，怀疑这一点的人将被清除。既然周浩为他夺得了这个权力，他就得充分利用它。

想起周浩他就难过。周浩不但是为叔叔，也是为他而死的。他那忠义而英勇的枪声不仅维护了叔叔的一世英名，也唤起了他的自信，改变了他对自身力量的估价。周浩驳壳枪里射出的子弹打倒了他的对手，也打掉了他身上致命的柔弱，使得他此刻能够如此有力地挺立在两个死者和众多生者面前。

他今生今世也不能忘记他。

然而，他却不能为他举行这么隆重的葬礼，不能把他的名字刻在石碑上，还得违心地宣布他的忠义为叛逆。

是他亲手打死了他。

是他，不是别人。

昏黄的阳光在眼前晃，像燃着一片火，凋零的枯叶在脚下滚，山风一阵紧似一阵，他军装的衣襟被风鼓了起来，呼啦啦地飘。

缓缓转过身子，他抬起头，把脸孔正对着他的士兵们，是的，现在这些士兵们是他的！他的！新二十二军依然姓杨。他觉着，他得对他们讲几句什么。

他四下望了望，把托在手中的军帽戴到头上，扶正，抬腿踏到了一块隆起的山石上。旁边的卫兵扶了他一把，他爬上了山石。

对着火红的夕阳，对着夕阳下那由没戴军帽的黑压压的脑袋构成的不规则的队伍，对着那些握着大刀片、老套筒、汉阳造、中正式的一个个冷峻的面孔，他举起了手。

"弟兄们，我感谢你们，我替为国捐躯的叔叔杨梦征军长，替白云森师长感谢你们！如今，他们不能言语了，不能带你们冲锋陷阵打鬼子了，他们和这座青山，和这片荒野……"

他说不下去了，眼睛有些发湿。

山风的喧叫填补了哀伤造出的音响空白。

他镇定了一下情绪，换了个话题：

"我……我总觉着咱军长没死！就是在一锹锹往墓坑里填土的时候，我还觉着他没死，他活着！还活着！看看你们手中的家伙吧！喏，大刀片，老套筒，汉阳造……不要看它们老掉了牙，它是军长一生的心血呀！过去，大伙儿都说：没有军长就没有新二十二军，这话不错。可现今，军长不在了，咱新二十二军还得干下去！因为军长的心血还在！他就在咱每个弟兄的怀里，在咱每个弟兄的肩头，在咱永远不落的军旗上！"

他的嗓音嘶哑了。

"今天，我们在这里埋葬了军长，明天，我们还要从这里开拔，向河西转进。或许还有一些恶仗要打，可军长和咱同在，军长在天之灵护佑着咱，咱一定能胜利！一定能胜利！"

"胜利……胜利……胜利……"

山谷旷野回荡着他自豪而骄傲的声音。

他的话说完了，浑身的力气似乎也用完了，两条腿绵软不堪。他离开山石时，三一二师刘参谋长又跳了上去，向士兵们发布轻装整顿、安置伤员、向河西转进的命令。刘参谋长是个极明白的人，白云森一死，他便意识到了什么，几小时后，便放弃了对白云森的信仰。

对此，他很满意，况且又在用人之际，他只能对这位参谋长的合作态度表示信任。他很清楚，凭他杨皖育是无法把这两千余残部带过黄河的。

清洗是日后的事，现在不行。

不知什么时候，《新新日报》的女记者傅薇和表妹李兰站到了他身边。傅薇面色阴冷，闹不清在想什么。李兰披散着头乱发，满脸泪痕，精神恍惚。他知道这两个女人都为白云森悲痛欲绝。他只装没看见，也没多费口舌去安慰她们，她们是自找的。

这两个女人也得尽快打发掉，尤其是那个女记者，她参加了上午的会议，小本本上不知瞎写了些什么，更不知道白云森背地里向她说了些什么……

正胡乱地想着，女记者说话了，声音不大，却很阴：

"杨副师长，把杨军长和白师长葬在这同一座山上合适么？"

他扭过头：

"什么意思？"

"你不怕他们在地下拼起来？"

他压住心中的恼怒，冷冷反问：

"他们为什么要拼？"

"为生前的宿怨呀！"

"他们生前没有宿怨！他们一起举义，一起抗日，又一起为国捐躯了！"

"那么，如何解释上午的会议呢？如何解释那众说纷纭的命令呢？白师长临终前说了一句，历史将证明……历史将证明什么？"

他转过脸，盯着那可恶的女人：

"什么也证明不了，你应该忘掉那场会议！忘掉那个命令！这一切都不存在！不是么？！历史只记着结局。"

"那么，过程呢？产生某种结局总有一个过程。"

"过程，什么过程？谁会去追究？过程会被忘记。"

"那么，请问，真理、正义和良心何在？"

他的心被触痛了，手一挥：

"你还有完没完？！你真认为新二十二军有投降一说？告诉你：没有！没有！"

"我只是随便问问，别发火。"

这口吻带着讥讽，他更火了，粗暴地扭过女记者的肩头，手指着那默立在山坡上的衣衫褴褛的士兵：

"小姐，看看他们，给我好好看看他们！他们哪个人身上没有真理、正义和良心？他们为国家民族而战，身上带着伤，军装上渗着血,谁敢说他们没有良心?!他们就是真理、正义和良心的实证!"

刘参谋长的话声给盖住了,许多士兵向他们看。

他瞪了女记者一眼,闭上了嘴。

刘参谋长继续讲了几句什么,跳下山石,询问了一下他的意见,宣布解散。

山坡上的人头开始涌动。

他也准备下山回去了。

然而,那可恶的女人还不放过他,恶毒的声音又阴风似的刺了过来,直往他耳里钻:

"杨副师长,我是不是可以这样理解:无论杨梦征军长、白云森师长和你们这些将领们干了些什么,新二十二军的士兵们都是无愧于民族和国家的,对吗?对此,我并无疑义。我想搞清楚的正是:你们这些将领们究竟干了些什么?!"

他再也忍不住了,猛然拔出手枪:

"混账,我毙了你!"

女记者傅薇一怔,轻蔑地笑了:

"噢,可以结束了。我明白了,你的枪决定历史,也决定真理。"

枪在他手中抖,抖得厉害。

"杀……杀人了!又……又要杀人了!"

站在傅薇一侧的李兰望着他手上的枪尖叫起来,摇摇晃晃几乎站不住了。

直到这时,他才发现表妹的神色不对头,她的眼光发直,嘴角挂着长长的口水,脚下的一只鞋子掉了,裤腿也湿了半截。

他心中一沉,把枪收回去,走到李兰面前:

"别怕,兰妹!别怕,谁也没杀人!"

"是……是你杀人！你杀了白云森，我知道！都……都知道！"

李兰向他身上扑，湿漉漉的手在他脖子上抓了一下。

他耐着性子，尽量和气地解释：

"我没杀人。白师长不是我杀的，是周浩杀的。周浩被处决了！别闹，别闹了！"

李兰完全丧失了理智，又伸手在他脸上抓了一把，他被激怒了，抬手打了她一个耳光，对身边的卫兵道：

"混蛋！把她捆起来，抬到山下去！那个臭女人也给我弄走！"

卫兵们扭住李兰和傅薇，硬将她们拖走了。

这时，电台台长老田一头大汗赶来报告，说是电台修好了。

他想了一下，没和刘参谋长商量就口述了一份电文：

"向中央和长官部发报，电文如下：历经七日惨烈血战，我新二十二军成功突破敌军重围，日前，全军两师四旅六千七百人已转进界山，休整待命。此役毙敌逾两千，不，三千，击落敌机三架。我中将军长杨梦征、少将副军长毕元奇、三一二师少将师长白云森，壮烈殉国。"

台长不解，吞吞吐吐地问：

"毕元奇也……壮烈殉国？"

他点了点头：

"壮烈殉国。"

台长敬了个礼走了。

他转身问刘参谋长：

"这样讲行么？"

刘参谋长咧了咧嘴：

"只能这样讲。"

他满意地笑了，一时间几乎忘记了自己刚刚主持了一个隆重悲哀的葬礼，忘记了自己是置身在两个死者的墓地上。他伸手从背后拍了拍刘参谋长的肩头，抬腿往山下走。

　　山下，参加葬礼的士兵们在四处散开，满山遍野响着沓杂的脚步声。山风的叫嚣被淹没了。夕阳跌落在远山背后。夜的巨帏正慢慢落下。陵城壮剧的最后一幕在千古永存的野山上宣告终场。

　　明天一切将会重新开始。

　　他将拥有属于明天的那轮辉煌的太阳。

　　这就是历史将要证明的。

作于 1987 年 7 月
2017 年 8 月修订